KB203939

벌
집
과

꿀

The Hive and the Honey

벌집과 꿀

폴 윤 소설

서제인 옮김

엘리

돈 리에게
마이클 콜리어에게
러셀 페로(1967~2019)에게

그리고 해안에 서서 바다를 내다볼 때면

모든 것이 가능하다는 걸

영원히 기억하기 위하여

—루이스 사가스티

차례

일러두기
1. 본문 중의 주석은 모두 옮긴이 주다.
2. 원서의 이탤릭체는 고딕체로 표기했다.

Bosun

보
선

'보'라고 불리는 보선은 뉴욕시에서 십이 년을 보내는 동안 퀸스에 있던 어느 무역 회사의 나쁜 일에 말려들었다. 알고 보니 그 회사는 장물을 거래하고 있었고, 회사 트럭을 운전하던 보는 결국 어느 해 겨울 맨해튼과 뉴저지를 잇는 다리 위에서 붙잡히고 말았다.

불빛들과 내리던 눈 말고 그 순간의 기억은 별로 없었다. 나중에 그는 자신이 트럭에서 뛰어내려 곧장 다리 난간으로 달려갔다는 이야기를 듣게 된다. 어쩌면 두려움으로 방향감각을 잃고 어디로 가야 할지 몰랐을 수도 있다. 어쩌면 두려움과 혼란 속에 다리에서 뛰어내린 다음 허드슨강을 헤엄쳐 갈 생각을 했을 수도 있다. 어쨌든 그는 다리 가장자리에 닿기 전에 경찰에게 붙잡혔다.

1990년대 초의 일이었다. 보는 잭슨하이츠의 벽돌 아파트 건물에서 혼자 살았다. 매일 아침 버스를 타고 창고로 갔고, 거기서 서로 인접한 세 개 주 전역의 상점들과 식당들로 향하는 배달 일정과 트럭을 배정받았다. 어두워지기 전에 집에 돌아왔고, 얼마 안 되는 사교 생활은 근처 바의 주방 직원들과 보내는 시간 위주로 이루어졌다. 그는 그 바에서 카드 게임을 하기 좋아했고, 직원들은 공짜로 음식을 내주었다. 보는 야구, 특히 뉴욕 메츠와 핫도그를 좋아했고, 작업용 부츠 한 켤레와 옷장의 반도 채워지지 않는 며칠분의 옷을 가지고 있었다. 일주일에 한 번씩 길을 따라 내려가면 나오는 빨래방에 가서 빨래를 했다. 그곳의 계산대를 지키는 할머니는 우연하게도 보가 태어난 마을 출신이었다. 보는 가끔 한 번씩 기계 사이의 틈에 일자 드라이버를 밀어 넣어 먼지와 보풀을 빼내는 일을 도와주고 공짜로 빨래를 하곤 했다.

보는 서른한 살이었다.

좋은 변호사를 고용할 여유는 없었고, 있었더라도 크게 달라지진 않았을 것이다. 창고에서 일하던 사람들은 모두 붙잡혔고, 빠르게 기소된 다음 형을 선고받았다.

교정 시설로 차를 타고 가는 길은 놀라웠다. 보는 전에는 세 개 주가 면해 있는 그 지역을 떠나본 적이 없었다. 그는 자신이 어디로 가고 있는지 잊을 뻔했다. 철창이 쳐진 차창을 통해 강물이 흐르는 계곡이 광활한 평야로, 다시 산맥으로 변해가는 모습을 여섯 시간 동안 지켜보았다. 그들은 더 작은 다른 도시들을 지나쳤다. 다른 강들도. 라디오 채널, 자동차, 카지노, 훌륭한 변호사가 있다고 알리는 끝없는 광고판들도.

그 버스에는 창고에서 일하던 다른 사람은 타고 있지 않았다. 캐나다 국경에서 그리 멀지 않은 뉴욕주 북부의 그 교정 시설에서 앞으로 열 달을 보내는 동안 보가 아는 사람을 마주칠 일은 없을 것이었다. 그가 아는 한 그는 혼자였다. 이상한 동시에 전혀 이상하지 않은 방식으로, 그는 그들의 얼굴을 잊어버리기 시작했다. 아침저녁으로 마주치던 상사와 다른 운전사들의 얼굴을. 그다음엔 카드 게임을 하던 바의 주방 직원들과 빨래방 할머니의 얼굴도 잊어버렸다.

밤이면 감방에서 두 눈을 감고 누군가의 얼굴에, 누구

의 얼굴에든 생각을 집중하려 해보았지만, 떠오르는 얼굴은 없었다. 마치 내내 교도소에서만 살아온 것 같았다. 꿈의 배경조차 교도소였다. 조명이 밝은 복도들과 식당, 아니면 도서관을 배회하는 꿈이 가장 많았다. 마치 그곳들모두 그의 것이기라도 한 것처럼. 교정 시설이 오직 그를위해서만 존재하기라도 하는 것처럼. 꿈속에서 매번 그를깜짝 놀라 깨어나게 하는 건 벽과 지붕을 뚫고 들어오는궂은 날씨였다. 갑자기 비가 쏟아지거나 홍수가 나거나 눈이 내렸다.

*

때때로 보는 교정 시설에서 보내는 날들이 그리 나쁘지않다고 자신을 설득했다. 그곳의 음식은 그리 나쁘지 않았다. 작은 원통 모양 감자튀김과 고기 파이가 마음에 들었고, 물론 핫도그도 좋았다. 뉴욕 메츠의 경기를 볼 수도, 운동장을 몇 바퀴나 돌 수도 있었다. 빨래를 잊을까봐, 버스를 놓칠까봐, 무언가를 하기에 너무 이르거나 늦을까봐걱정할 필요도 없었다. 사방의 조명에도 익숙해졌다. 야구 경기를 하고 있다고 생각하면 됐다.

같은 방의 동료 재소자와도 잘 지냈다. 그의 이름은 로저였는데, 자신을 "반은 모호크인이고 반은 좋은 거라곤 없는 피가 섞였다"고 소개했다. 로저는 자신의 농담에 웃었고, 그들은 그곳에 오게 된 이유를 서로 물었다.

로저는 근처 카지노에서 딜러로 일하다가 그의 표현에 따르면 '돈 문제로 오해에 휘말렸다'고 했다. 다른 일들도 있었음은 인정했지만 더 말하지는 않았고, 파리를 찰싹 때려 쫓아내듯 손사래를 쳤다.

로저는 위쪽 침대를 썼다. 로저는 키가 크고 덩치가 육중해서 그가 몸을 움직일 때면 매트리스가 조금 꺼졌다. 매트리스 천은 모래색이었다. 밤이면 보는 쉬지 않고 모습을 바꾸는 사막을 내려다보고 있다고 상상했다.

낮이면 그들은 운동장을 함께 산책했다. 로저는 보를 다른 모호크인 몇 명에게, 그다음에는 중국인과 베트남인에게 소개했다. 그들은 보에게 별로 한국인 같아 보이지 않는다며 어디 출신이냐고 물었다. 운동장에서 그들은 퀸스의 한국인들은 포악하다고 말했고, 보도 포악하다는 걸 아니까 건드리지 않겠노라고 약속했다. 농담인지 아닌지 알 수 없는 말이었다. 그들은 자신들이 그곳에 오게 된 이유에 관해 이야기를 주고받은 다음, 월드컵을 하자면서 함께 축구를 했다.

카드 게임을 할 줄 아느냐고 먼저 물은 사람은 로저였다. 날씨가 점점 추워지고 있어서 예전만큼 할 일이 없었다. 로저에겐 반들거리는 카드가 몇 벌 있었고, 그들은 저녁을 먹고 난 뒤 방에서 카드 게임을 했다. 주로 블랙잭을 했는데, 그게 로저가 잘하는 게임이고 보는 잘 모르는 게임이어서였다. 딜러를 맡은 로저는 보에게 언제 히트와 스테이, 스플릿을 해야 하는지 조언해준 다음 자신의 비공개 카드를 뒤집었다.

그들은 그렇게 몇 번이고 거듭한 다음 역할을 바꿨다. 게임을 너무 많이 해선지 보는 카드를 들고 있지 않을 때에도 그 매끄러운 감촉이 손가락에 느껴졌다. 그 유령 같은 카드들은 보가 어디에 있든, 무슨 할 일을 하고 있든 늘 자기들을 손에 잡아주길 바랐다.

출소하고 나서 혹시라도 카드 게임이 하고 싶다면 캘리스라는 도시 근처에 카지노가 있다고 로저는 말했다. 그곳은 옛날에 캐나다에 살던 프랑스계 사람들이 국경을 건너

내려와 공동체를 이루고, 농사를 짓기 위해 토지를 사들이면서 시작된 곳이라고 했다. 프랑스의 도시인 진짜 '칼레'의 이름을 딴 곳이라고. 보는 칼레가 어디인지 몰랐지만 아는 척했다.

그 지역은 죄 그런 식이라고, 오래된 소도시들이 있고 그 사이사이에는 아무것도 없다고 로저는 말했다. 그러고는 몇몇 도시 이름을 소리 내 말했다. "웨스트빌, 모이라, 포트코빙턴, 봄베이." 보는 그 이름들이 낯설다고 생각했다.

보는 자신이 결국에는 퀸스를, 어쩌면 자신이 태어나서부터 십팔 년 동안 살았던 한국까지도 그리워하게 될지 모른다고 생각했다. 하지만 몇 달이 지나는 동안 그곳들은 그가 떠올리려 애쓰는 얼굴들처럼 멀어졌다. 마치 그가 한때 살았던 그 장소들이 다른 누군가의 고향이었던 것 같았다.

로저가 그에게 축구 경기 심판을 봐달라고 했다. 보는 겁에 질렸다. 경기에 나온 거의 모든 사내가 그보다 덩치가 크고 힘도 셌다. 서로를 향해 달려드는 두 사람의 몸 사이로 비집고 들어갈 때면 보는 자신도 모르게 눈을 감고 비명을 지르고 있었다. 그 비명을 들은 사내들은 가끔은 스스로 진정했다. 하지만 진정하는 대신 보에게 싸움을 걸 때도 있었고, 그러면 보는 최대한 빨리 공처럼 둥그렇게 몸을 말고는 주먹과 발길질을 받아냈다. 그러면서 두 귀를 막은 채 자신이 미끄러져 들어갈 구멍을 상상하며 휘슬이 울리거나 간수가 달려오기를 기다렸다.

어느 날 한창 경기가 진행 중인 흙으로 덮인 작은 운동장에서 그는 로저를 보았다. 다른 선수들은 이리저리 뛰어다녔지만 로저는 움직이지 않고 있었다. 보는 절뚝거리며 운동장을 가로질러 갔다. 그를 본 로저는 몸을 떨기 시작했다.

"더는 여기 못 있겠어." 로저는 그렇게 말하더니 보의 팔에 얼굴을 묻었다.

그 뒤로 며칠 동안 로저는 말을 걸어오지 않았다. 방에서도, 운동장에서도, 식사 시간에도 그랬다. 그들은 다른 재소자들과 함께 식사를 했고, 자야 하는 시간에는 침대에 누워 있었지만, 서로 말은 하지 않았다.

보는 아래쪽 침대에 누워 매트리스가 움직이는 걸 지켜보았다. 어쩌면 그가 틀렸던 건지도 몰랐다. 그건 사막과는 닮은 데가 없는 것 같기도 했다. 마치 그가 발견했던 무언가가 사라져버린 것만 같았다. 그는 자신이 마지막으로 갈망이라는 감정을 느낀 순간이 언제였는지 떠올려보려고 애를 썼다.

보는 벽에 닿지 않으려 하면서 오래된 소도시들의 이름을 혼잣말로 읊었다. "웨스트빌, 봄베이, 포트코빙턴, 캘리스."

그는 세인트로런스강을 건너 미국으로 내려오는 프랑스계 캐나다인들을, 모호크인들을 만나는 먼 옛날의 정착민들을 떠올렸다.

"모이라를 빼먹었어." 어둠 속에서 로저가 말했다.

봄이 왔고, 보의 출소일이 다가왔다. 보가 작별 인사를 하자 로저는 그에게 새 카드 한 벌을 주었다. 보는 축구 경기의 팀원들에게도 작별 인사를 했다. 그들은 자기들이 보에게 손가락 하나 대지 않은 양 굴었다. 밖으로 이끌려 나간 보는 벽들을 지나 진입로를 걸어 내려갔고, 버스 정류장에 도착했다. 앉고 싶지 않았다. 그는 멀리 산마루에 있는 교도소의 벽들을, 그리고 안에서는 알아차리지 못했던 나무 한 그루를 바라보았다. 버스가 왔다. 면회 온 사람들이 내렸다. 보는 그들이 언덕을 올라가는 걸 지켜보았다.

또 한 대의 버스가 도착했다. 그를 뉴욕 시내로 다시 데려다줄 버스는 아니었다. 로저가 타라고 했던 지역 버스였다. 보는 그 버스에 올랐다.

*

캘리스에 도착한 보는 빨래방 한 군데를 찾아냈다. 안쪽 벽의 코르크판에는 가구가 딸린 집의 임대 광고가 붙어 있었다. 월세가 잭슨하이츠에서 내던 금액의 절반밖에 안 됐다. 작업대 뒤에서는 한 남자가 요란하게 껌을 씹으며 포장지를 사각형으로 단정하게 접고 있었다. 보가 그 집의 위치를 묻자 남자는 그를 빤히 쳐다보더니 길 저쪽을 가리켰다. "여기랑 카지노 사이에 있어요." 보는 그에게 기계 틈에서 보풀을 꺼내는 데는 일자 드라이버가 좋다고 말해준 다음 밖으로 나갔다.

캘리스는 아주 작은 도시였다. 블록 세 개로 이루어진 거리 하나가 거의 다였다. 사람들은 보도에서, 창문 뒤에서, 보가 가진 현금 거의 전부를 털어 양말과 속옷 몇 세트, 셔츠 한 장을 구입한 스포츠 용품점에서 그를 쳐다보았다. 그는 그들이 자신을 쳐다보는 게 피부색 때문인지, 아니면 그가 교도소에 있었다는 게 어디선가 명백하게 티가 나선지 궁금했다. 아마 둘 다였을 것이다. 그는 벨트를 계속 만지작거렸다. 벨트를 하는 게 익숙하지 않아서였다.

보는 한 시간 동안 걸었다. 들판들을 따라, 다시 또 들판들을 따라 걸었다. 온실 하나를 지나쳤다. 그러다가 어느 건초 농장에 이르렀다. 교도소에서처럼 긴 진입로가 언덕 위로 이어져 있었고, 산마루에는 현관이 있는 커다란 집 한 채가 보였다. 그냥 지나칠 뻔했던 보는 그곳이 광고에 적혀 있던 주소라는 걸 천천히 깨달았다.

그래서 언덕을 올라갔다. 나무들을 지나고, 멀리 보이는 건초 더미들과 픽업트럭 한 대를 지나 현관 계단을 올라갔다. 문을 두드리자 개 한 마리가 짖는 것으로 대답했다. 보는 뒤로 물러섰다. 창문으로 작은 소파 하나와 책들이 가득 꽂힌 선반들이 보였다. 소총 한 자루도.

문이 열렸다. 덥수룩한 눈썹이 희끗희끗한 노인 하나가 그의 앞에 서 있었다. 보는 노인에게 광고지를 건넸다. 노인은 광고지를 눈앞으로 바짝 가져가더니 말했다. "몰랐는데 그 녀석이 이런 걸 한 모양이네." 그는 광고지를 보에게 돌려주었다.

보는 노인이 문을 닫아버릴 줄 알았지만, 노인은 그러는 대신 옷걸이로 손을 뻗어 조끼를 끌어 내리더니 밖으로 나왔다. 개가 따라 나왔다. 그 갈색 개는 어디로 가는지 안다는 듯 앞장서더니 경사진 들판에 희미하게 난 길을 따라갔다. 다른 곳보다 키가 약간 작은 풀들이 나 있는 그 길은 토지 가장자리에 있는 작은 집으로 이어졌다.

현관문은 조금 열려 있었다. "바람 때문에 그런 거야." 노인이 말했다. 노인이 문을 좀 더 밀어 열자 오후의 빛이 호를 그리며 마루를 가로질렀고, 그들 셋은 안으로 들어갔다. 개가 벽난로 옆 먼지 쌓인 소파 위로 뛰어올랐다.

집에는 공간이 두 개뿐이었다. 한쪽에는 침실이 있었고, 중앙에는 작은 주방과 이어진 거실이 있었다. 소파와 커피 테이블, 작은 나무 식탁 하나와 의자 두 개가 있었다. 책장이 하나 있었고, 햇빛에 바랜 풍경화들도 있었는데 여기를 그린 것 같기도, 유럽을 그린 것 같기도 했다.

"자네, 살인자나 아동 성 착취범 같은 건 아니겠지?"

"네." 보가 대답했다.

"중국인인가? 모호크족이야?"

"네에." 보가 자신 없이 말했다.

보는 남은 돈을 꺼냈다. 노인은 지폐를 세어보더니 다시 한 번 보를 쳐다보았다. 노인의 표정은 빨래방에 있던 남자의 표정과 다르지 않았다. 보의 귀에 자신의 숨소리가 들려왔다. 그는 그게 가진 돈의 전부라고, 돈을 더 구하려면 일자리를 찾아야겠지만 곧 찾겠다고 말했다. 소파 등받이에 머리를 올려놓은 개가 그들을 지켜보고 있었다.

"개를 좋아하나?"

"네." 보는 말했고, 그건 사실이었다. 보가 자라던 집에는 개가 세 마리 있었다. 어머니는 그 개들을 '바깥 개들'이라고 불렀다. 그 개들은 집을 지키다 한 마리씩 차례대로 쥐약을 먹고 숨이 막혀 죽어갔지만, 보는 녀석들을 아주 좋아했었다.

노인은 셔츠 소매에 침을 뱉어 앞쪽 유리창의 먼지를 닦아내고는 건초 더미들을 가리켰다. 여기에는 자신과 딸, 그리고 건초 묶는 일을 하는 이주자들만 산다고 그는 말했다.

보는 건초에 대해서는 아는 게 없었다.

"내 이름은 필립이야." 노인이 말했다. 필립이 막 집을 나서려는 참에, 보가 카지노가 어디 있느냐고 물었다. 필립은 그냥 길을 따라 쭉 가라고 했다. "차가 있나?"

보는 고개를 저었다.

"자전거가 한 대 있네." 필립이 말했다. "집 옆쪽 주방 문 근처에. 내 음식을 훔칠 생각은 하지 말고."

필립은 문을 조금 열어놓고 나갔다. 보는 노인이 "음식"이라는 말을 했을 때에야 자신이 얼마나 배고픈지 깨달았다. 몹시 목이 마르기도 했다. 보는 주방 수도꼭지를 틀었다. 삼십 초쯤 물이 흐르게 두면서 벽에 있는 무늬가 들어간 타일들을 빤히 쳐다보다가 몸을 굽혀 물을 마셨다. 보가 물을 마시는 동안, 개는 소파 위에서 여전히 지켜보며 그를 위해 자리를 내주었다.

*

카지노에 로저를 안 좋게 여기는 사람만 있는 건 아니었다. 다음 날 아침 보가 자전거를 타고 건너가자, 카지노 플로어에서 찰리라는 남자가 다가오더니 말했다. "어제 로저가 전화했어. 그쪽이 포악하다고 하던데."

찰리는 보를 위아래로 훑어보더니 손을 내밀었다. 악수
가 시험처럼 느껴져서 보는 힘 있게 악수를 했고, 그러자
찰리도 마음에 들어하는 것 같았다. 찰리와 보는 나란히
서서 메인 플로어를 훑어보았다. 슬롯머신들은 오른쪽에,
테이블들은 왼쪽에 있었다. 아침이었는데 예상보다 손님
이 많았다 .

여름에는 애디론댁산맥에 하이킹하러 오는 가족들 때문
에 더 바쁘다고 찰리는 말했다. 그들은 이내 자연에 넌더
리를 내고, 그래서 주로 몰래 빠져나온 아버지들이 카지노
를 찾는다고 했다. 보는 그곳에서 일자리를 구할 수 있을
지 여전히 알지 못한 채 고개를 끄덕였다. 찰리는 보의 아
버지쯤 되는 나이로 보였다. 보는 아버지의 나이를 잊은
뒤였지만 말이다.

4층짜리 호텔은 카지노 위쪽에 자리잡고 있었는데 각
층에 난간이 있어서 내려다보며 게임을 구경할 수 있었다.
찰리가 보를 플로어 구석구석 데리고 다니며 안내해주는
지금도 어떤 사람들은 그렇게 하고 있었다. 종업원 한 명
이 쟁반에서 빨간색 빨대가 꽂힌 하이볼 한 잔을 들어 올
리며 지나갔다. 이유는 알 수 없었지만 그 광경을 보자 보

는 그 순간 로저가 무엇을 하고 있을지 궁금했다. 책을 읽고 있을까, 솔리테어 게임을 하고 있을까. 그러다가 지금쯤은 로저에게 새로운 방 동료가 생겼으리라는 걸 깨달았고, 어떤 사람일지 궁금해졌다.

찰리는 보를 아래층으로 데려갔고, CCTV가 설치된 모니터실, 직원 한 명이 커다란 침대 시트 뭉치들을 세탁기에 던져 넣고 있는 세탁실과 사물함을 보여주었다.

찰리가 한쪽 발을 나무 벤치 위에 올려놓았다. 그러더니 보에게 해리와 한 팀이 될 거라고, 원한다면 지금 당장 일을 시작해도 된다고 했다. 일주일 치 봉급은 선불로 주고, 그 뒤로는 이 주마다 봉급이 지급될 거라고, 현금으로 지급될 텐데 그래도 괜찮았으면 좋겠다고도 했다.

보는 여전히 자기가 하게 될 일이 무엇인지 알지 못했다.

"경호 업무야." 찰리는 그렇게 말하고는 옷걸이에서 유니폼 한 벌을 골라 끌어 내렸다.

*

해리는 덩치가 크고 양팔이 온통 문신투성이인 남자

였다. 걸프에서 두 번의 군 복무를 마친 다음—"내가 두 눈으로 본 것 중에 최고로 심심하고 지루한 전쟁이었어요"—고향으로 돌아와 돈을 좀 벌고 "머리통 몇 개를 박살 냈다"고 했다. 해리는 한 손으로 주먹을 쥐더니 다른 쪽 손바닥을 때렸다. 그는 보보다 몇 살 어렸다.

그들은 이어 피스를 끼고 삼십 분 동안 플로어 한쪽 구석에서 감시한 뒤, 다른 구석으로 옮겨 가 테이블과 슬롯머신을 지켜보았다. 해리는 이따금씩 보로서는 확실히 알 수 없는 이유로 어떤 사람이 의심스러워 보인다며 가리켰다. 그 사람이 움직이면 그들은 따라갔고, 움직이지 않으면 근방을 맴돌았지만, 아무 일도 일어나지 않았다.

카지노는 교도소와는 달리 조명이 어렴풋했지만, 창문이 없는 건 교도소와 마찬가지였다. 시계도 없어서 몇 시인지 전혀 알 수가 없었다. 슬롯머신 소리와 끊임없이 웅웅거리는 목소리들에 익숙해질 거라고 생각했지만 아직은 아니었다. 보는 한쪽 발에서 다른 쪽 발로 체중을 옮겨 실었다. 교도소에서는 일어서 있으면 움직이고 있다는 뜻이었다. 일어선 채 움직이지 않고 있자니 기분이 묘했다.

보가 고개를 들자 3층 발코니 난간을 따라 한 아이가 빠르게 달려가는 게 보였다.

"젠장." 해리가 말하더니 황급히 직원용 출입구로 빠져
나갔다. 보도 뒤따라갔다. 보는 계단 꼭대기에 그 남자아
이와 함께 있는 해리를 발견했다. 아이는 다섯 살쯤 돼 보
였다. 해리는 아이의 몸을 붙잡고 살짝 흔들며 조용하지만
단호하게 혼내고 있었다. 보를 본 해리는 말했다. "여긴
우리 집 꼬마예요." 아이는 손을 흔들려 했지만 해리가 여
전히 붙잡고 있었다.

보는 해리가 최근에 이혼을 했고, 전처가 플로리다로
휴가를 떠난 몇 주 동안 아이를 보살피고 있다는 걸 알게
되었다. 해리는 전처가 휴가를 떠난 것이 잘못이기라도 한
것처럼 "휴가"라는 단어를 말했다. 베이비시터를 구할 여
유가 없어서 아이를 카지노에 데려왔다고 했다. 해리는 보
에게 아무에게도 말하지 않겠다는 다짐을 받았다. 그런 다
음 세탁실과 주방 직원들과 함께 시간을 보내라며 아들을
다시 아래층으로 내려보냈다. 왼쪽 냉장고에 맛있는 아이
스크림이 있다고 해리가 소리쳤다. 그의 목소리가 계단통
에 울렸다.

아이가 내려가자 해리는 계단에 앉아 자기 손바닥을 주

먹으로 때렸다. 그러더니 얼굴을 문지르며 요란하게 숨을
내쉬었다. 그는 아이 이름은 말해주지 않았다. 아이의 갈
색 머리는 단정하게 빗겨져 있었고, 손에는 종이비행기가
들려 있었다.

"착한 아이 같네요." 보가 말했다. 달리 뭐라고 해야 할
지 알 수가 없어서였다. 어린 시절 사방을 돌아다니기 좋
아해서 혼이 나곤 했던 기억이 떠올랐다. 보는 언제나 미
국인들을 보려고 골목길이나 미군 기지로 몰래 빠져나가
곤 했다. 보가 그들 앞에서 춤을 추거나 미국 노래를 부르
면, 그들은 초콜릿 바나 껌을, 혹은 더 괜찮은 경우에는
약간의 돈을 주었다. 그들은 보의 어깨를 손가락으로 쿡
쿡 찌르며 계속 춤을 추게 만들었다. 그러다 가끔씩 보가
넘어지면 그들은 보를 일으켜 세우고 다시 쿡쿡 찔러댔다.
보는 그 남자들에게 웃으면서 최고로 심한 욕을 했고, 그
들은 알아듣지 못했다. "착한 아이구나." 그들은 불이 항
상 켜져 있는 건물들로 돌아갈 때면 늘 그렇게 말했다. 그
건물들은 보의 집에서 보면 전선처럼 납작하게 지평선에
붙어 있었다.

그와 해리가 플로어로 돌아왔을 때, 한 술 취한 남자가

종업원과 부딪치는 바람에 종업원이 쟁반을 떨어뜨렸다. 취객은 욕을 하며 팔을 휘두르기 시작했고, 블랙잭을 하고 있던 한 여자를 팔꿈치로 쳤다. 여자가 비명을 질렀다. 해리가 달려가 남자의 재킷 깃을 붙잡고는 밖으로 끌고 나갔다. 보는 이번에도 뒤따라갔다.

남자는 밖에 나와서도 계속 떠들어대며 공격적으로 굴었다. 해리는 남자를 일으켜 세운 다음 그가 식료품점의 카트라도 되는 것처럼 건물 옆 주차장 쪽으로 밀쳐버렸다. 남자가 몸을 돌려 해리의 얼굴 한쪽을 후려친 건 그때였다.

단단하고 센 한 방이어서 해리는 무릎을 꿇고 말았다. 보는 해리가 곧바로 일어나 반격할 거라 생각했다. 아마 가만뒀으면 그랬을 것이다. 하지만 보는 그들 사이로 걸어 들어갔다. 그는 자신이 뭘 하는지 알고 있었다. 그럼에도 그건 마치 기억처럼, 먼 과거에 일어난 행동처럼 느껴졌다. 보는 남자의 셔츠 칼라를 붙잡고 마른 스펀지 같은 그의 얼굴을 들여다보며 계속 때렸다. 그러다가 때리는 손을 바꿨다. 손마디를 덮고 있는 피부가 찢어지는 게 느껴졌다. 심지어 천이 찢어지는 것 같은 소리도 들리는 듯했다.

남자가 쓰러지자 보는 한 번 크게 소리를 질렀고, 피투성이가 된 두 주먹으로 벽을 쳐서 콘크리트를 붉게 물들였다. 해리가 아까 아이를 붙잡았듯 자신을 붙잡고 있는 게 느껴졌다. 해리가 귀에 뭐라고 속삭였지만 보에게는 들리지 않았다. 보는 몸을 돌려 왔다 갔다 하기 시작했고, 그러다가 진정하고는 멈췄다. 해리는 무릎을 꿇고 취객의 상태를 확인했다. 남자는 오늘 돈을 너무 많이, 정말이지 너무 많이 잃었다고 말하며 울기 시작했다.

해리는 손수건으로 남자의 얼굴에서 피를 닦아냈다. 대부분은 보의 손마디에서 나온 피였다. 그런 다음 해리는 보를 향해 몸을 돌리고는, 햇빛 아래서 다정하다시피 한 몸짓으로 보의 찢어진 두 손을 살펴보았다. 아직 정오가 되지 않은 시각이었고, 차들은 속도를 내며 대로를 달려갔고, 카지노 간판은 높이 걸린 채 깜빡였다.

*

보는 그날 오후 늦게 자전거를 타고 건초 농장으로 돌아갔다. 자전거를 타니 기분이 좋았다. 페달을 힘껏 밟은 다음 두 발의 힘을 빼고 관성이 길을 따라 자신을 실어가게 두었다. 그러다 길가 오두막집에서 자전거를 멈추고 생수 몇 병과 딸기를 샀다. 딸기 한 팩이 든 비닐봉지를 핸들에 건 다음, 페달을 밟아 남은 거리를 달려갔다.

싸움이 끝나고 나서 해리는 보를 사물함으로 데려가 양손에 붕대를 감아주었다. 그러면서 그 술 취한 남자의 얼굴이 나무처럼 단단했던 모양이라고 농담을 했다. 보는 손가락을 거의 움직일 수가 없었다. 뼈가 부러졌는지 궁금했지만 아무 말도 하지 않았다. 나머지 집세를 딸기와 함께 주인집 현관문 앞에 놓아두는 지금도 여전히 손이 욱신거렸다.

그는 자전거를 타고 온 길을 계속 생각하고 싶었지만, 그 생각은 사라져버렸다. 그래서 그는 무엇이 자신에게 아까 같은 행동을 하게 만들었는지, 그 일이 얼마나 빨리 일어났고 자신이 어떻게 그 행동을 계속했는지 생각했다. 카지노에 나오라는 말을 다시 듣는 일은 없을 줄 알았는데, 찰리는 해리에게서 들은 이야기에 깊은 인상을 받은 듯했다. 해리는 싸움에서 이긴 보가 "군인보다 나은" 솜씨였다고 말한 모양이었다. 공교롭게도 그 일이 벌어진 장소에는 카메라가 한 대도 없었고, 목격자라고 나서는 사람도 없었으니 믿을 건 해리의 말뿐이었다.

"나쁜 놈들은 나가고 좋은 친구들이 들어오는군." 찰리는 그렇게 말하고는 덧붙였다. "그 붕대는 가능하면 오랫동안 하고 있어. 아주 그럴싸해 보이니까."

보가 막 현관을 나서려는데 창문으로 필립의 모습이 보였다. 필립은 벽난로 옆에 앉아 있고, 그 옆 바닥에는 개가 앉아 있었다. 날씨가 더워서 난롯불은 피워져 있지 않았다. 필립은 라디오를 듣고 있었다. 보는 라디오일 거라고 생각했다. 그러다가 좀 더 안쪽을 들여다보니, 보와 비슷한 나이대로 보이는 한 젊은 여자가 업라이트 피아노를 연주하고 있었다.

개는 창문으로 보를 보았지만 움직이지 않았다. 마치 그를 비밀로 해주기라도 하는 것 같았다. 보는 그 자리에 그대로 서서 창문 너머로 희미하게 흘러나오는 음악에 귀를 기울였다. 피아노 연주자는 그에게 등을 돌리고 있었다. 보는 여자의 두 손을 지켜보았다. 그 손가락들을. 그것들은 물 흐르듯 움직였다. 여자의 위쪽으로 액자에 든 사진 하나가 보였다. 기다란 코트 차림의 한 사람과 한 아이가 섬이 보이는 강둑에 서 있는 사진이었다.

현관 뒤쪽에서 바람이 불어왔고, 보는 갑자기 몹시 피로해졌다.

그는 최대한 조용히 그곳을 떠나 자신의 숙소로 내려갔다. 가까이와 멀리에 거대한 건초 더미들이 나타났다. 마치 지상에 속해 있지 않은 사물들처럼, 혹은 너무 오래전에 만들어져 더 이상 있을 곳이 없어진 존재들처럼.

새 한 마리가 머리 위로 날아갔다.

문은 조금 열려 있었다. 보는 소파로 곧장 걸어가 앉았고, 붕대가 감긴 두 손을 무릎에 올려놓았다. 그러고는 잠시 잠들었던 모양이었다. 다시 눈을 떴을 때는 누군가가 집을 나서고 있었다. 문간에 실루엣 하나가 얼핏 보였다. 여자가 돌아섰다. 보의 소리를 들은 듯했다. 피아노를 연주하던 여자였다.

"먹을 걸 좀 가져왔어요." 여자가 말했다.

"몇 시죠?"

"여섯 시요."

"저녁이요?"

여자가 웃었다. "아뇨. 오후 내내 주무셨어요. 밤에도요. 어제도 그러시더니. 많이 주무시네요. 무슨 일을 하세요? 권투 선수나 뭐 그런 건가요?"

여자는 붕대 이야기를 하고 있었다. 보가 미소 지었다. 여자는 자기 이름은 카로라고, 원한다면 손의 상처를 좀 봐주겠다고 했지만 보는 괜찮다고 했다.

카로는 여전히 문간에 서 있었다. 낡은 멜빵바지를 입었고 입이 조그맸고 두 눈 밑이 조금 짙었다. 식탁 위에는 차가운 고기와 치즈, 빵, 그리고 보가 현관에 두고 갔던 딸기 중 일부를 반으로 잘라 담은 접시가 놓여 있었다.

"저거 감사했어요." 카로가 말했다. "딸기."

보는 빵의 끝부분을 갈라 고기와 치즈 조금을 끼워 넣은 다음 먹었다. "맛있네요, 고마워요." 보는 그렇게 말하고는 조금 더 먹었다. "여기 혹시 전화 쓸 수 있는 데가 있을까요?"

보는 카로와 함께 밖으로 걸어 나왔다. 추웠다. 뜻밖에도 그랬다. 어둑한 하늘에는 빛과 구름이 줄무늬를 이루고 있었다. 보는 자신이 전에 그렇게 커다란 하늘을 본 적이 있는지 떠올려보려고 했다. 하늘을 보다가 발을 멈출 뻔했다. 보는 숨을 쉬었다. 날이 추워서 입김이 나오는 게 보였다. 멀리서 개가 빠르게 걸어오는 게 보였다. 보는 몸을 굽혀 개를 쓰다듬었고, 개는 그의 청바지에 이슬 같은 자국을 남겼다.

"얘는 모험을 떠났다 돌아와요." 카로가 말했다. "어디로 가는지는 절대 말해주지 않지만요."

보는 그들이 여기 산 지 얼마나 됐는지 물어보았다.

"저요?" 카로가 말했다. "전 여기 있었다 없었다 그랬어요. 두 번째 인생이 썩 잘 안 풀려서 원래 살던 삶으로 돌아왔고요."

카로는 보를 데리고 옆문을 통해 주방으로 들어갔다. 전화기는 벽에 설치되어 있었고 전화선은 늘리면 방 전체를 가로지를 만큼 길었지만, 보는 그냥 근처에 서서 다이얼을 돌렸고 신호음을 들었다.

전화를 받은 교도관이 누군지는 알 수 없었다. 그는 그냥 보라고 밝힌 다음 혹시 로저에게 메시지를 남길 수 있느냐고 물었다.

"누가 누구한테 남긴다고요?" 교도관이 물어서 보는 한 번 더 말했다.

"장난해요?" 교도관은 그렇게 말하고는 전화를 끊었다.

보는 잠시 수화기를 귓가에 그대로 댄 채 운동장과 도서관을 떠올리고는, 수화기를 거치대에 되돌려놓았다. 카로는 안 듣는 척하며 조리대를 닦아내고 있었다. 어느새 앞치마도 걸치고 있었다. 자기 아버지는 달걀을 휘저어서 스크램블드에그로 먹는 걸 좋아하는데, 머릿속이 약간 휘저어진 사람이라 그렇다고 카로는 말했다. 그러고는 한 손가락을 관자놀이 위에서 빙빙 돌린 다음 볼에 달걀 몇 개를 깨뜨려 넣었다.

방 안을 둘러봐서는 안 될 것 같아서, 보는 계속 바깥에 시선을 둔 채 볼 안에서 달걀이 휘저어지는 소리에 귀를 기울였다. 피아노를 연주하는 걸 봤다고 말하고 싶었지만 카로가 어떻게 반응할지 알 수 없었다.

"오늘 밤에 파티가 있어요." 카로가 말했다. "격납고에서요. 뭐, 격납고에선 항상 파티가 있긴 해요. 오시고 싶으면 오셔도 돼요."

보는 격납고가 뭔지 몰랐다. 고맙지만 오늘 밤에는 일을 해야 한다고 카로에게 말했다.

"제 돈, 그쪽한테 걸었어요." 카로는 그렇게 말하며 그를 향해 주먹을 흔들어 보였다.

*

보는 그 주 내내 교대 근무를 했다. 사물함 앞에서 해리
를 만났고, 다른 직원들이 하듯 세탁기에 자기 빨래를 몰
래 집어 넣었다. 해리의 아들이 이리저리 뛰어다녔다.

그들은 삼십 분마다 근무 위치를 바꾸었다. 바텐더들이
보를 알아보기 시작했고, 그에게 코카콜라나 물이 담긴 잔
을 밀어주었다. 그와 해리는 속임수를 쓰는 사람들을 찾아
다녔지만 보는 종종 그저 게임을 지켜보게 되곤 했다. 블
랙잭 테이블에서 사람들이 히트와 스테이와 스플릿을 했
다. 그들은 대체로 졌지만, 가끔씩 드물게도 누군가가 딜
러를 이기는 걸 보게 될 때가 있었다. 그럴 때면 게임하는
사람들 뒤에 선 보에게도 어떤 감정이 전해져왔다. 보는
조용히 박수를 보내고는 얼른 해리를 따라갔다.

그들은 첫날 일어난 일에 관해서는 일절 이야기하지 않
았다. 보의 양손은 나아졌지만 여전히 아팠다. 희미하지
만 지속적인 통증이 보에게 그날의 일을 상기시켜주었다.
보는 손에 계속 붕대를 감고 있었다.

주말이 가까워진 어느 날, 4층 발코니에서 종이비행기

하나가 날아 내려왔다. 천천히 그들 근처를 도는 비행기를 보가 붙잡았다. 해리는 보 앞에서 걷고 있어서 보지 못했다. 보는 비행기를 납작하게 접어 재킷 주머니에 밀어 넣었다. 다시 위를 올려다보지는 않았다.

해리는 근처의 아파트 건물에 살았다. 교대 근무가 끝나자 그는 보에게 한잔하면서 야구를 보지 않겠느냐고 물었다.

"다음에요." 보는 말했다.

그들은 바깥에서 보가 그 남자를 때렸던 벽에 기대 담배를 피우고 있었다. 누군가가 보의 핏자국을 페인트로 덮어 놓았다. 해리는 자기 어깨 위에서 잠들어버린 아이를 안고 있었다. 주차장 조명이 비추는 빛 속을 들어왔다 나갔다 하면서 엉덩이를 살짝살짝 흔들었고, 아이의 얼굴 멀리로 연기를 내뿜어 날려 보냈다. 차로 가는 동안 해리는 아이가 깨지 않도록 까닥거리고 흔드는 그 리듬을 계속 유지했다.

그 주 내내 카로는 보가 먹을 음식을 두고 갔다. 보가 자전거를 타고 돌아와보면 식탁 위에 쟁반이 놓여 있고, 고기는 반쯤 없어져 있고, 개는 소파에서 코를 골고 있었다.

보는 아직 로저가 준 카드 한 벌을 열어보지 않고 있었다. 그는 개의 움찔거리는 뒷다리를, 창문으로 보이는 달을, 벽에 걸린 낡은 그림들을 바라보았다. 한없이 고요했다.

그는 한 손을 개의 배 위에 올려놓고 그곳이 오르내리는 걸 느꼈다.

눈이 오는 꿈을 꾸었다.

주인집 전화가 울렸다. 들판 너머에서 필립이 부르는 소리가 들려왔다. 보는 어둠 속으로 난 길을 따라 언덕을 올라갔다. 문간에 필립의 자그만 체구가 보였다. 카로는 어디 있는지 궁금했다. 보가 안으로 들어가자 필립은 음식을 훔쳐가지 말라고 하고는 피아노를 연주할 줄 아느냐고 물었다. 싱크대 수조에는 먹다 남은 스크램블드에그 접시가 놓여 있었다.

보는 로저일 거라고, 로저가 자신을 찾아냈을 거라고 생각하며 수화기를 들었지만 아니었다. 전화를 건 사람은 해리였다.

아이가 없어졌다고 해리는 말했다. 아이가 사라져버렸다고.

*

　그날 밤, 보는 아이를 찾는 일에 동참했다. 함께 찾아줄 아파트 이웃 몇 명을 해리가 불러왔고, 경찰에도 전화했다. 그들은 모두 흩어졌다. 해리가 알기로 아이는 멀리 갔을 리가 없었다. 해리가 그 애를 마지막으로 본 게 사라지기 불과 십 분 전이었다. 해리는 그때 설거지를 하고 있었다고 했다.

　그들은 아파트 복도를 돌며 집집마다 문을 두드렸다. 몇몇은 손전등을 들고 대로를 걸어 내려갔고, 또 몇몇은 차에 타고 주위를 돌아다녔다. 해리가 부탁해서 보는 건초 농장과 카지노와 아파트 건물로 이루어진 삼각형 안에서 찾아보기로 했다.

　보는 필립에게서 손전등을 빌린 다음 길 건너 목초지로 들어갔다. 이 들판에서 저 들판으로 걸었다. 아직 걸어보지 않은 길을 만났고, 경찰차가 지나갈 때는 키 큰 풀숲 속에 몸을 웅크렸다. 길이 텅 비자 길을 건너 계속 걸었다. 그 한없는 고요가 되돌아왔다. 그는 멀리 보이는 농장을 지나쳤고, 시냇물을 만났고, 뛰어 건넜고, 또 다른 숲으로 들어갔다.

보는 자신이 있는 곳이 어딘지 알 수 없었다. 바보 같다는 걸 알면서도 걷는 내내 두려움이 몰려왔다. 그는 해리의 아들을 떠올렸다. 캘리스에서 남자아이가 갈 만한 곳을 상상해보려 했다. 그는 나무들이, 그리고 똑같이 생긴 들판이 사방을 에워싸고 있다는 걸 깨달았다. 지평선도 어느 방향을 보나 똑같은 모습이었다.

음악이 들려온 건 그때였다. 음악 소리는 희미했지만, 보는 매달리듯 그 소리를 따라갔고, 이제 서둘러 숲을 빠져나갔다. 반대편으로 나오자 눈앞에 철망 울타리가 펼쳐졌다. 울타리 너머에는 비행장이 있었다. 누군가가 철망을 끊어놓은 덕분에 보는 기어서 통과했고, 서둘러 활주로를 가로질러 갔다. 열린 격납고 안에 모인 사람들과 희미한 불빛이 벌써부터 보였다. 마치 어느 멸종한 생물의 입, 혹은 강 건너로 보이던 맨해튼의 반쯤 지어진 건물 중 하나 같았다. 보는 가장자리에서, 빛의 경계선 안에서 잠시 걸음을 멈췄다.

요란하지만 기분 좋은 음악이었다. 사람들은 플라스틱컵에 담아 술을 마셨고 서로 바짝 붙어 춤을 췄다. 보는 맨 처음 눈에 띄는 무리를 향해 올라갔고, 이 안에서 다섯 살쯤 된 남자아이를 본 적이 있느냐고 물었다. 그들은 고개를 저었다. 보는 찢어지고 얼룩진 벨벳 소파 위에서 키스하고 있던 어느 커플에게로 옮겨가 그들을 방해했다. 그러고는 카지노에서 일하던 몇몇 직원들, 세탁실과 주방 직원들을 알아보았다. 그들은 유니폼 대신 티셔츠와 청바지를 입고 있었다. 좀 더 안쪽 어딘가에서 유리잔이 박살 났고, 새 한 마리가 높이 달린 서까래들을 향해 날아올랐다.

"손은 좀 어때요, 권투 선수?"

보가 몸을 돌리자 카로가 자신이 피우던 마리화나를 내밀고 있었다. 카로는 조금 커 보이는 하얀 면 원피스를 입고 머리를 올려 목선을 드러내고 있었다. 보는 음악 속에서 마리화나를 한 모금 빨아들이고는 없어진 아이가 있다고 말했다. 해리의 아들이라고 했다. 카지노 경호 요원으로 일하는 해리. 그 애가 여기 없으면 얼른 계속 찾아봐야 할 것 같다고 했다. 그는 카로가 붕대 감긴 그의 한쪽 손을 잡았을 때에야 자신이 아주 빠르게 말하고 있다는 걸 깨달았다.

카로는 경찰도 아느냐고 물었고, 보는 "그래요"라고 대답했다.

카로는 사람들을 뚫고 보를 안쪽으로 데려갔다. 그곳에는 한 젊은 남자가 해변용 의자에 앉아 두 발로 바닥을 두드리며 경찰 통신 수신기에 귀를 기울이고 있었다. 카로의 말로는 그들이 발각되지 않았는지 확인하는 거라고 했다. 요청을 받은 디제이가 음악 소리를 낮췄고, 그들은—젊은 남자, 디제이, 카로, 보는—한데 모여 경찰 통신에 귀를 기울였다. 파티에 온 손님들도 호기심을 품고 주위에 모여들었다.

오랫동안 침묵 속에서 기다린 끝에 목소리 하나가 흘러나왔다. 아이를 찾았다는 소식이었다. 군중 속에서 누군가가 박수를 보냈다. 그러자 몇몇 사람들도 함께 손뼉을 쳤고, 디제이가 음악 소리를 높이자 모두가 춤을 추기 시작했다.

"봤죠?" 카로가 말했다. "걱정할 거 없어요. 그 사람들이 누구라고요?"

카로는 보와 함께 춤추려 했지만 보는 그럴 마음이 들지 않았다. 여전히 해리와 그 아들 생각이 났다. 심장이 빠르게 뛰고 있었다. 카로도 그 사실을 알고, 그 소리를 듣고 있는 것 같았다. 멈춰 서더니 보에게 이렇게 말했으니까.
"그만 가죠."

그들은 카로의 픽업트럭을 타고 해리가 사는 건물로 갔다. 그곳의 현관 입구 계단에 해리와 그의 아들이 앉아 있었다. 아이는 전혀 멀지 않은 곳에서, 생수와 딸기를 파는 오두막집에서 발견되었다. 종이비행기를 찾으려고 이리저리 돌아다녔다고 했다. 알고 보니 그 비행기는 아이 어머니가 플로리다로 떠나기 전에 아이에게 만들어준 것이라고 했다.

해리는 자신이 형편없는 아버지라며 울었다.

보는 가슴이 허전해지며 얼굴이 뜨거워졌다. 그는 그 종이비행기가 숙소에, 자기 유니폼 주머니 속에 있다는 걸 알았지만 아직 말하지 못하고 있었다. 그는 카로가 해리에게 자기도 아들이 하나 있다고, 저기 북쪽 몬트리올에서 아이 아빠와 함께 살고 있다고 말하는 걸 들었다. 카로는 이제 아들을 자주 만나지는 않는다고 했다. 나중에 해리의 아들은 카로의 무릎에 앉아 잠들었다. 마치 카로를 태어나서부터 알았던 것처럼.

"종이비행기 때문에 그 난리를 피웠구나." 해리가 말했다.

*

　그날 밤 카로는 자기 아들 이야기는 다시 꺼내지 않았
다. 몹시 늦은 시간이었다. 너무 늦어서 그날 하루에 일어
난 일들이 마치 전생의 일처럼 느껴졌다. 날이 밝으려면
한 시간쯤 남아 있는 것 같다고 카로가 말했다. 그러고는
숙소 쪽으로 난 길을 걸어 보를 데려다주면서 자신은 하루
중에 이 시간대를 가장 좋아한다고 했다. 그들은 중간에서
발을 멈추고 하늘의 서로 다른 구석을 올려다보았다.

　"캐나다 항공사에서 쓰려고 만든 거예요." 카로가 말했
다. "그 격납고요. 비행기를 수리하려고요. 사람들이 그걸
짓고 있었을 때가 기억나요. 전 자전거를 타고 건너가서
그 격납고가 올라가는 걸 지켜보곤 했어요. 그게 미래처럼
보이더라고요. 우주선이나 도시 같았어요. 그런데 자금이
끊겨서 이젠 누구의 소유도 아니게 됐어요. 우리 거예요.
참, 제 자전거 쓰고 계시죠."

　보는 원하면 자전거를 돌려주겠다고 했다.

　카로가 웃음을 터뜨렸다. 카로는 취해서 조금 몽롱해져
있었다.

산마루의 주인집에는 불이 켜져 있었다. 불빛은 어둠 속에서 완벽한 정사각형으로 빛났다.

"아버지는 난롯가에서 잠드시곤 해요." 여전히 하늘을 올려다보며 카로가 말했다. "걱정이 끊이질 않아요. 그래도 건강에 괜찮을까요? 모르겠어요. 그쪽은 풀 네임이 뭐예요?"

보는 망설이다가 카로에게 이름을 말해주었다.

"갑판 장교 말인가요?" 카로는 말했다. 보는 무슨 말인지 알 수 없었다.

카로는 보의 이름인 '보선'이 영어로는 배 위의 사병들과 장비를 책임지는 갑판 장교를 뜻한다고 설명해주었다.

보는 뉴욕에서 십이 년을, 교도소에서 십 개월을 보냈지만 그런 이야기는 처음 듣는 것이었다.

카로는 자기 할아버지가 전에 갑판 장교였어서 안다고 했다. 그들의 다이닝 룸 피아노 위에 할아버지 사진이 한 장 있었다. 재미있게도 자신의 아버지 쪽 가족들은 프랑스 칼레 출신이라고 카로는 말했다.

"진짜 칼레 말인가요?" 보가 물었다.

"왜 그 칼레가 여기 캘리스보다 더 진짠데요?" 카로가 반문했다.

보는 언젠가 칼레에 가보고 싶다고, 그냥 어떤 곳인지 보고 싶다고 했다. 카로는 그곳이 물가에 있는 도시라고 했다. 바로 그 순간, 보의 눈앞에 있던 들판이 물결로 변했다. 보는 그 물이 흘러가는 걸 볼 수 있었다. 바람과 조수가 일렁였다. 마치 정신을 차려보니 그들이 갑자기 먼바다에 나와 있는 것 같았다. 모든 게 은빛이었고, 건초 더미들은 배들 같았다.

"할아버지가 이걸 가르쳐주셨어요." 카로는 그렇게 말하더니 보의 양손 손바닥을 펼쳐 들어 올렸고, 잠시 붕대를 가볍게 톡톡 두드렸다. 보가 두 손을 든 채로 있자, 카로는 뒤로 물러나며 길 밖으로 나갔다. 두 주먹을 뺨 높이까지 들어 올리더니 발뒤꿈치를 들고 조금씩 깡충깡충 뛰었다. 카로는 달빛 속에서 치마를 펄럭이며 뛰어올랐고, 보의 왼손과 오른손에 각각 잽을 날렸다. 그러고는 보에게 아프냐고 물었다. 보가 고개를 젓자 카로는 다시 한 번 빠르게, 똑바로 잽을 날렸다.

"자요." 카로가 말했다. "해봐요."

보는 하고 싶지 않았지만 카로가 다가와 다시 한 번 말했다.

"왼발이랑 왼쪽 어깨를 상대 쪽으로 비스듬히 둬요. 오른발은 두 시 방향에 두고요. 발뒤꿈치는 가볍게, 무릎은 굽히고, 오른손은 뺨에 대요. 그 손은 투에 나올 거예요. 도르래 장치라고 생각해봐요. 원에 왼손, 잽이고, 투에 오른손이에요. 원, 투. 걸어 들어갔다가 물러나요. 시선 들고요."

보는 카로의 양손을 쳤다. 원, 투. 들어갔다가 물러나는데 풀잎이 발목을 스치는 게 느껴졌다. 그는 통증을 모른 척하며 숨을 쉬었다. 그가 때리는 소리가 밤 속으로 떠오르며 퍼져 나가는 것 같았다. 그건 마치 무언가를 비우는 행위 같았다. 원, 투. 멀리 어딘가에서 차 한 대가 속도를 내며 사라져갔다. 카로가 보를 보며 미소 지었다. 보는 한 번 더 주먹을 날렸고, 멀리 들판에 있는 개를 발견했다.

"저기 있다." 보가 말했다.

"새로운 모험을 떠나고 있네요." 카로가 말했다. "아니면 늘 떠나는 똑같은 모험이거나."

개가 멀리 가버리자 보는 양손에서 붕대를 풀기 시작했다.

"제가 포악해 보이나요?" 보가 말했다.

"엄청요." 카로는 그렇게 말하고 보의 주위를 한 바퀴 돌며 허공에 잽을 날렸다.

"보이라." 보가 말했다. "웨스트빌. 봄베이. 포트코빙턴."

"네?"

또다시 바람이 불어왔다. 보는 붕대를 목도리처럼 목에 걸친 다음 양쪽 끝을 붙잡았다. 그러고는 아들을 몬트리올 어딘가에 두고 자신의 두 번째 삶을 떠나 이곳으로 돌아오는 카로를 상상해보았다. 그는 잭슨하이츠에서 빨래방을 하던 할머니를 떠올렸다. 할머니의 얼굴을 기억해내려고 한 번 더 애를 썼다. 그 할머니도 기지에 있던 미군들을 알고 있었다. 보가 세탁기 청소를 도와줄 때면 할머니는 보에게 부모님은 어떻게 지내시느냐고 묻곤 했다. 보가 대답을 해도 할머니는 기억하지 못했다. 기억하지 못하는 척하는 건지도 몰랐다. 그래서 보는 매번 말해야 했다. 부모님과는 오래전에 연락이 끊겼다고, 아마도 한국의 그 도시 어딘가에 계실 거라고. 그 도시는 어떨 때는 작게, 또 어떨 때는 거대하게 느껴졌다.

다른 들판들 옆에 있는 이 들판처럼.

보는 카로에게 하고 싶은 질문들을 계속 더 떠올렸다. 그리고 그가 거기 달빛 속에, 카로의 곁에 긴장을 풀고 가 볍게 서 있는 동안, 공기에서는 달콤한 냄새가 났고, 바람 이 불었고, 그는 갑자기 자신이 아주 먼 길을 왔으며 무언 가 굉장한 일이 자신에게 일어나리라는 걸, 오늘 밤이나 내 일은 아닐지 몰라도 머지않아 일어나리라는 걸 느꼈다. 그 리고 그는 거기에 집중했다. 그들이 밤의 마지막 시간 내 내 이야기를 주고받는 동안 그 느낌이 지속되기를 바라며.

Komarov

코
마
로
프

그곳은 코스타브라바*의 언덕에 위치한 작은 도시였다. 그는 늦은 오후에 도착해 혼잡한 바르셀로나발 열차에서 내렸고, 택시 정류장 표지판들을 따라갔다. 출근할 때 입는 옷을 입고 있었는데, 그게 그가 가진 가장 좋은 옷이었다. 그는 혼자였다.

"권투 시합 보러 오셨어요?" 기사가 택시에 탄 그에게 물었다. "좀 너무 폭력적이지 않으려나?"

룸 미러 속에서 기사가 윙크를 했다. 첫 번째 질문에는

---

* 스페인 바르셀로나에서 북쪽으로 60킬로미터 거리에 있는 도시 블라네스부터 프랑스 국경까지 이어지는 해안.

어떻게 대답해야 할지 알 수 없었으므로—그 남자들은 그런 이야기는 하지 않았다—주연은 망설였다. 폭력성에 관해서는, 자신이 여자이고 더 이상 젊지 않아서 기사가 그런 이야기를 했겠거니 했다.

"코마로프." 기사는 그렇게 말하고는 전단지 한 장을 뒤로 건네주었다. "코마로프 보러 오신 거 맞죠?"

주연은 기사도 전단지도 쳐다보지 않은 채 차창을 내리고 말했다. "네." 기사는 로터리에서 속력을 냈다.

주연은 더 이상 아무 말도 하지 않았다. 사방에 햇빛이 가득했다. 바다 냄새도.

방 번호를 알고 있었으므로, 호텔로 들어가서는 프런트를 지나쳐 곧장 엘리베이터를 타고 5층으로 올라갔다. 512호를 찾아낸 뒤, 잠시 멈춰 서서 영어로 대화하는 어느 커플이 햇볕이 드는 복도를 지나갈 때까지 기다렸다가 문을 두드렸다.

방 안에서 다가오는 발소리가 들렸다. 그러더니 이틀 전에 만났던 젊은 남자들 중 한 명이 문을 열고 주연을 들여보내주었다.

*

1980년, 6월 첫째 주 금요일이었다. 작은 발코니로 통하는 문들은 열려 있었고, 하얀 커튼은 가끔 바람에 부풀어 오르며 침대 가장자리에 앉은 또 다른 남자의 모습을 잠깐씩 지워놓았다. 두 남자 모두 넥타이를 느슨하게 푼 채 땀을 흘리고 있었다.

주연은 두 남자 사이 어딘가에 고정된 것처럼 내내 가만히 있었다. 전에 그들을 만났을 때부터 쭉 그래온 느낌이었다. 화장실 수도꼭지에서 물이 뚝뚝 떨어졌다. "저런 지며칠 됐어요." 주연의 뒤에 있던 남자가 한국어로 말했다. 그는 주연 옆을 비집고 지나쳐 화장실로 들어가서 어떻게든 손잡이를 조여보려 했다. 발코니 커튼이 다시 부풀어 올랐고, 주연은 바깥 경치에 시선을 고정했다. 난간에 걸린 꽃들과, 그 너머, 타일 지붕들로 덮인 채 물가까지 뻗어 있는 도시의 풍경에. 광장에서 한 여자가 부르는 노랫소리가 들려왔다.

"설령 마음을 바꾸셨더라도," 남자가 말했다. "저희가 비난하거나 하진 않았을 겁니다."

어떻게 마음을 바꿀 수 있었겠는가? 주연이 어떻게 해서라도 올 거라는 사실을 그들은 알고 있었다.

침대에 앉아 있던 남자가 가방을 열었다. 그는 주연에게 가방 안에 든 것이 도청과 녹음을 동시에 할 수 있는 장치라고 설명했다. 그들은 주연의 몸에 전선을 장착하고 근처 어딘가에서 조심스럽게 들으며 녹음을 할 거라고 했다. 그래도 괜찮겠느냐고 남자는 물었다.

그들은 전에는 이런 이야기를 하지 않았었다. 처음 듣는 이야기였다. 주연은 재빨리 주위를 둘러보았다. 고개를 끄덕이고 앞으로 걸어 나가 전단지를 침대 발치에 내려놓고, 두 남자 앞에서 셔츠 버튼을 풀었다. 두 남자가 침묵 속에서 작업을 시작했다. 그들의 숨소리가 들려왔고, 숨결이 느껴졌다. 그들은 한 쌍의 거대한 거미처럼 주연의 몸을 둘러싸고 손은 최대한 대지 않으려 하면서 움직였다. 밴드 밑으로 미끄러져 들어간 마이크가 가슴 사이로 올라왔을 때, 주연은 자신 역시 땀을 흘리고 있으며 겨드랑이에서 냄새가 난다는 걸 알아차렸다. 지난밤은 밤새도록 담배를 피우고 셔츠를 다리면서 보냈다. 하마터면 등 부분을 태울 뻔했다.

"기억하세요." 한 남자가 말했다. "시간이 많지 않을 거예요. 십 분입니다. 이번 만남은 앞으로 이어졌으면 하는 여러 번의 만남 가운데 첫 만남일 뿐이에요."

"그리고 이것도 기억하세요." 다른 남자가 말했다. "이야기가 끝날 때요. '어쩌면 우리 계속 이야기를 이어가도 되지 않을까' 뭐 그런 말씀을 하세요. 저희는 반응을 기다리겠습니다."

주연은 연신 고개를 끄덕였다. 발코니 문 근처 협탁에 놓인 재떨이 옆에 펜 한 자루와 종이철이 놓여 있는 게 눈에 띄었다. 주연은 자기 뒤에 있는 남자에게 담배에 불을 붙여달라고 부탁했다. 다시금 노랫소리가 들려왔고, 주연은 방 안의 남자들에게 전에 스페인에 와본 적이 있느냐고 물었다. 그러자 그들은 말했다. "계속 말씀을 해보세요."

그들은 음향 테스트를 하고 싶어했다. 주연은 머릿속이 하얘졌다. 발코니 문 쪽으로 걸어가 재떨이에 담뱃재를 두드려 떤 다음, 남자들이 보지 않을 때까지 잠시 기다렸다가 펜을 집어 주머니에 밀어 넣었다.

그런 다음 주연은 자신은 이곳에 처음 와봤다는 것, 서랍장 위의 유리 물건들—그것들이 서로 닿지 않게 배치된

게 얼마나 적절한지―에 대해 무슨 말인가를 하고는, 그들 모두 노랫소리가 들리냐고 물었다. 그러고 나서야 자신이 그 말들 중 어떤 것도 소리 내 하지 않았다는 걸 깨달았다.

주연은 침대로 돌아가 전단지를 집어 들었다. 가까이에 있던 남자가 주연의 어깨 너머를 바라보며 처음에는 한국어로, 그다음에는 러시아어로 말하기 시작했다. 여긴 너무 더워서 쪄 죽을 것 같다고 했다. 스페인에는 처음 와본 것이며, 지금 자신은 북한에서 태어나 바르셀로나에 거주 중인 54세 이주연 씨와 함께 있다고. 그리고 전단지 왼쪽에 있는 권투 선수는 소련 출신이고 30세인 미들급 복서 니콜라이 코마로프라고. 내일은 코마로프가 소련 밖에서 치르는 첫 경기가 열릴 것이며, 상대는 미국인이라고, 코마로프는 지난주에 코치와 컷맨*, 그리고 그들이 아는 최소 두 명의 러시아인 보디가드와 함께 도착했다고. 또한 오늘 한 시간 뒤면 코마로프는 스파링을 하기 전에 보디가드 한 명과 함께 카미 데 론다라는 해안 길을 따라 달릴 거

* 권투에서, 상처에서 피가 나는 것을 멈추도록 도와주는 스태프.

라고. 그 보디가드는 그들에게 정보를 제공해준 사람이며, 주연은 그곳에서 코마로프를 기다리게 될 거라고.

남자가 말을 멈췄다. 헤드폰을 쓰고 기계를 만지작거리던 다른 남자가 그들을 향해 엄지손가락을 들어 보였다.

"발코니로 나가죠." 그가 말했다. "바람 소리를 테스트해봅시다."

그들이 이틀 전에 주연에게 말했지만 지금은 언급하지 않은 사실은 다음과 같았다. 니콜라이 코마로프는 주연의 아들이기도 했다.

*

주연이 스페인에 온 지도 이제 오 년째였다. 그 전에는 독일 함부르크에서 호텔방을 청소하는 일을 했고, 그 전에는 서울에서 같은 일을 했다. 바르셀로나에서 주연은 중국, 북아프리카, 우크라이나에서 온 다른 여자들과 함께 하숙집에서 살았다. 그들은 모두 집과 호텔, 사무실 건물과 박물관을 청소하는 일을 했다. 여자들은 왔다가 떠났다. 다른 사람들이 쓰라고 공용 화장실에 목욕 용품을 두

고 가기도 했고, 가끔은 책을, 혹은 아래층 텔레비전으로
볼 수 있는 비디오테이프를 두고 가기도 했다. 그 하숙집
에 가장 오래 머무르고 있는 사람이 주연이었다.

주연이 코마로프에 관해 묻자 우크라이나 여자는 자기
는 그런 한심한 스포츠는 보지 않는다고 했다. "하지만 네
가 덩치 큰 남자들이 좋은 거면 알려줘." 여자는 그렇게
말하고 샤워실로 뛰어들어 갔고, 주연은 화장실 거울이 흐
려지기 전에 화장을 하며 야간 근무를 준비했다.

그게 어제 일이었다. 그 전날, 주연은 여느 때처럼 사무
실에 출근했다. 나중에 골목길로 나왔을 때는 이미 대형
쓰레기통 옆에 그 두 남자가 서서 큰길로 이어진 길을 막
고 있었다.

그들이 이야기를 시작했을 때 주연이 처음으로 했던 생
각은 누군가가 마침내 자신을 다시 데려가려고, 혹은 떠난
것에 대해 처벌을 하려고 찾아왔다는 것이었다. 주연은 전
쟁 중에도, 그 뒤에도 그 비슷한 이야기를 들으며 지냈다.
남한 측에서 부르는 자리에 나가 질문에 대답한 일이 한
번도 없다 해도—주연은 한 번도 없었다—그건 중요하지
않았다. 반동분자였으니까. 도망쳐서 한번 사라진 사람은

그들에게 자신을 한 번 더 지워버려도 된다고 허락해준 셈이었다. 완전히, 모조리.

"이주연 씨 되십니까?"

그들은 아주 젊어 보였다. 머리 모양이 똑같았는데, 서울에서 자른 것 같았다. 둘 다 피로해 보였고, 모든 걸 안다는 표정을 짓고 있었다. 늦은 시간이었지만 주위는 시끄러웠다. 라스 람블라스의 술집들과 카페들은 모두 꽉 차 있었고, 음악이 넘쳐흘렀다.

주연은 맞다고 대답하고는 쓰레기통에 쓰레기를 던져 넣기 위해 돌아섰다. 두 눈을 감았다. 그 순간, 이번에 쉬는 숨이 마지막 숨일 수도 있겠다는 생각이 들었다. 허공으로 뻗은 한쪽 팔에는 쓰레기와 회사에서 나온 뭔지 모를 파쇄된 종잇조각이 들려 있고, 두 손은 장갑 속으로 스며든 표백제 때문에 갈라지고, 후각은 그 표백제 냄새 때문에 둔해진 채로, 사방에서 희미하게 나는 쓰레기 냄새를 맡으며, 끝없이 이어지는 바르셀로나의 밤에.

주연은 눈을 떴다.

아무 일도 일어나지 않았다. 주연의 귀에 두 남자가 자신들의 성을 말하는 소리가 들렸다. 오직 성만 말했는데,

각각 계와 탁이라고 했다. 주연이 돌아서자 그들은 파일 폴더 하나를 펼쳐 들고 있었다. 폴더에는 한 남자의 사진과, 그와 주연의 생애를 간략하게 정리한 연대표가 들어 있었다. 모든 게 거기 있었다. 주연이 수십 년 동안 보지도 듣지도 못했던, 남쪽 접경지대에 있는 북한 마을의 이름. 주연이 청소 일을 했던 호텔들. 주연이 살았던 함부르크의 하숙집과 현재 살고 있는 하숙집. 주연이 낳았던 아이. 주연이 탈출하기 한 해 전에 먼저 남으로 넘어간, 그리고 주연이 결코 찾아내지 못한 남편의 이름.

계가 종이를 가리켰다. 남편이 아니라 그 위, 아이의 이름이 적힌 줄을. 그러더니 그는 파일 속의 사진을 가리켰다.

"이 사람이에요." 계가 말했다. "이주연 씨가 두고 온 아이. 아이를 두고 오신 거 맞죠?"

주연은 아이를 두고 왔다. 그랬다.

그러자 그들은 주연에게 그 아들이 누구인지 말해주었다. 코스타브라바에서 열릴 권투 시합에 관해 말해주었고, 자신들이 그와 접촉할 수 있다면 대단히 흥미로울 거라고 했다.

주연은 그 애가 북한에서 태어났기 때문일 거라고 생각했지만, 탁은 이렇게 말했다. "소련에 대해 더 많은 걸 알게 된다면 우리나라에 도움이 될 겁니다."

"우리 이웃의 이웃과의 관계라든가," 계가 덧붙였다. "기타 등등, 뭐 그런 거죠."

"아드님을 보고 싶으시죠?" 탁이 물었다.

"아드님은 만나고 싶어합니다." 계가 말했다. "이주연 씨에 관해서도 이미 알고 있고요. 한국어도 할 줄 압니다. 아드님을 입양한 가족의 어머니 쪽이 카자흐스탄에 살던 고려인입니다. 그 사람이 아드님에게 고려인 말을 가르쳤어요."

계는 안전에 관해 무슨 말인가를 했고, 걱정하지 말라고 했다. 주연이 도착할 즈음에는 모든 게 정리되어 있을 거라고, 그쪽 내부에 자신들의 정보원이 있다고.

사실 주연은 그들의 말을 더 이상 듣고 있지 않았다. 어쩔 줄 몰라 하며 사진을 빤히 들여다보고 있었다. 이 청년이 자신을 조금이라도 닮았나? 아니면 남편을? 주연은 남자의 얼굴을 샅샅이 훑어보았다. 분명한 건 그의 코뼈가 부러졌다는 것이었다. 아마 여러 번 부러졌던 것 같았다.

남자는 어깨가 넓었고, 턱선은 날카로웠지만, 두 눈은 온화했다. 거의 수줍어 보이기까지 했다. 주연은 그 점이 그가 좋은 선수가 되는 데 도움이 되는 건지 아닌지 궁금했다. 권투 선수들은 눈에 신경을 쓸까?

그는 어떻게인지는 몰라도 좀 더 북쪽으로 올라가 러시아로 아마도 밀입국을 한 것 같았다. 한때 주연이 그곳의 흙과 날씨만큼이나 잘 알던 마을 사람의 도움을 받아서 말이다. 주연은 그 마을에서 몇 명이나 살아남았는지 궁금했다. 아이들은 얼마나 살아남았는지도.

삼십 년 전, 1950년. 그때 주연은 아이에게 이름을 지어줄 시간이 없었다.

주연은 골목길에 그대로 서서 파일을 좀 더 읽었다. 그런 다음 니콜라이 코마로프의 이름을 발음하려 했지만 할 수가 없었다. 그래서 남자들에게 도와달라고 했고, 그들은 도와주었다. 라스 람블라스의 밤은 점점 더 시끄러워지며 깊어갔다.

*

　발코니가 작아서 두 사람 다 나갈 수는 없었기에 계는
방 안에 남았지만, 주연의 가까이에 있었다. 부풀어 오르
는 커튼 때문에 계가 성가신 건 아닌지 주연은 알 수 없었
다. 계는 주연이 이야기를 계속하게 하려 했다. 음향 테스
트를 위해서였지만, 때를 기다리면서 주연을 진정시키려
는 의도도 있었다. 전선이 근질거렸지만 주연은 무시했다.
　만 근처 두 개의 가로등 사이에 걸린 현수막이 내일 도
시 외곽의 경기장에서 열릴 시합을 알리고 있었다. 바로
그 밑에는 햇볕이 드는 광장이 있었고, 상인들이 매대를
차려놓고 관광객들에게 음식과 기념품을 팔고 있었다. 커
다란 모자와 선글라스를 쓰고 수건이 담긴 밀짚 토트백을
든 사람들이 사방에 보였다. 주연이 알기로 요즘 유행하는
줄무늬 긴소매 셔츠와 밑단을 접은 반바지를 입은 사람들
도 눈에 띄었다. 모두가 항상 이곳에서 살아온 사람들처럼
보였다.
　탁이 물을 가져다주었다. 주연은 난간 위로 물잔을 들
고 상점들을 훑어보며 내일 만남에 선물을 가져가야 할지

생각했다.

"옛날에 어땠는지 기억나세요?"

계는 주연이 살았던 마을에 관해 묻고 있었다. 고향에 관해. 주연은 가축들이 기억났다. 개 여섯 마리와 돼지들과 염소들. 빠진 젖니를 숨겨놓았던 느슨한 마룻널. 그 젖니들은 아직도 거기 있을까? 그다음엔 가뭄과 배고픔이 기억났다. 가축들이 더 이상 남지 않을 때까지 끊임없이 이어지던 배고픔, 그리고 그보다 더한 배고픔이. 장작을 패다 사고가 나는 바람에 남편의 손목에 생겼던 흉터도 기억났다. 남편의 가볍던, 주연보다도 가볍던 몸도. 늦은 밤 남편의 입에서 나오던, 주연은 조금도 꺼려지지 않던 시큼한 숨결도.

"계곡 길로 가셨던 건가요?" 계가 물었다.

"그걸 알아요?" 주연이 되물었다.

"그 길 이름을 잊었어요. 계곡에 있던."

기억이 났다. 발목을 삔 여자애가 비명을 지르자 길잡이가 소총 개머리판으로 그 애를 후려쳐 넘어뜨렸다. 그들은 그 애를 두고 떠났다. 그런 식이었다. 나머지 사람들과 함께 계속 걷는 동안 주연은 입이 바짝 마르고 목구멍이 텅 비는 느낌이었다. 달빛이 돌들 위로 쏟아졌고, 돌들 사이에는 짙은 그림자가 드리워져 있었다.

주연은 계와 탁에게 할 질문이 수도 없이 많았지만, 꺼내려 할 때마다 사라져버렸다. 마치 줄을 놓쳐버린 연을 붙잡으려 애를 쓰는 기분이었다.

그 대신 주연은 계에게 왜 이런 일을 하는 거냐고 물었다. 바닷바람이 밀려들자 커튼이 다시 계의 몸 위로 흔들렸다.

"요즘은 많이 나아졌습니다." 계는 말했다. "돌아와보셔야 해요."

계는 서울 이야기를 하고 있었다. 사방에 가득한 그 낙관주의를 보면 주연도 고무될 거라고 계는 말했다. 희망을 품고 열심히 일하는 사람들. 학교로 쏟아져 들어가는 돈. 교육. 기술―계는 도청 장치를 가리켰다―그리고 의학.

"전쟁 중에요," 계가 말했다. "병원에 배정을 받으셨었죠? 그때도 청소 일을 하셨잖아요."

주연은 계를 힐끗 보았다. 그러고는 물 한 모금을 마시고 배 옆쪽을 긁었다.

주연이 머무르게 된 정착지 근처에 야전병원이 있었다.

주연은 그 병원의 각 층을 대걸레로 닦고 침대 시트를 삶는 일을 배정받았다. 혹시 남편일지 몰라서 환자들의 얼굴을 하나하나 억지로 들여다보았다. 그런 다음 근무가 끝나면, 주연은 남자를 찾으러 가곤 했다. 살아 있는, 숨 쉬는 남자를. 그게 누구든 무슨 상관이겠는가. 주연은 그 세월 동안 그런 식으로 자신의 흔적을 지워나갔다. 언제나 남자들로. 몇 명인지 헤아리는 것도 그만두었다. 그리고 주연의 배 속에서 아이가 다시 자라나는 일은 단 한 번도 없었다.

주연은 첫 번째 기회가 왔을 때 한국을 떠났다. 이제 떠난 지 거의 십 년이 되어가고 있었다. 한 해, 또 한 해 지날수록 주연은 자신을 점점 더 지워나갔고, 나이를 먹었으며, 주름이 생기고 머리가 희끗해졌고, 점점 걱정을 덜 하게 되었다. 그런데 이틀 전, 지구 반대편에서 온 두 남자가 골목길 끝에서 주연을 찾아낸 것이었다.

주연은 물잔을 놓았다. 그러고는 그 일이 일어나는 걸 지켜보았다. 마치 다른 누군가가, 남의 손이 한 행동 같았다. 기울어져 난간 너머로 떨어질 줄 알았는데, 물잔은 발코니에 떨어져 거기서 산산조각이 났다. 그 소리에 주연은 퍼뜩 정신이 들었다. 욕설을 뱉으며 무릎을 꿇었다. 계가 쓰레기통을 가지러 가자 커튼이 부풀어 올라 주연을 가렸다. 그 틈에 주연은 펜을 꺼내 전단지에 글자들을 급히 적은 다음 주머니에 밀어 넣었다. 계가 돌아왔다. 주연 옆에 무릎을 꿇고 앉은 계는 유리 조각을 모으는 걸 도우며 이야기를 이어갔다.

"제가 자라난 집 옆집이 약국이었어요." 계가 말했다. "약사는 약국 위층에 살았고요. 모두들 그 약사가 진짜로는 뭘 하는 사람인지 알고 있었지만 아무도 입을 열지 않았죠. 그러니까, 그 사람이 사람들을 삼팔선 이쪽저쪽으로 보내줬습니다. 전쟁 바로 직전의 그 몇 달 동안 말이죠. 여러 가족을 남쪽으로 데려왔어요. 그리고 어떤 남자는 다시 북쪽으로 보내주기도 했죠. 살 만한 곳을 찾아낸 그 남자가 가족들을 데려오고 싶어했기 때문이었어요. 약사는 그런 일을 열 번도 넘게 했습니다.

결국 북에서 온 젊은 남자 두 명이랑 젊은 여자 한 명이 그 약사하고 같이 머무르게 되었습니다. 그 사람들은 전쟁에서 살아남았어요. 그들 중 한 명, 여자는 결국 근처에 있던 학교의 교사가 되었죠. 또 한 명은 노인들을 돌보는 사람이 되었고, 약사가 나이가 들자 그 약사도 돌봐주었고요."

계가 유리를 집어 들던 손을 멈췄다. 그는 난간에 기대 쪼그리고 앉은 채 이마를 닦더니 아래쪽 광장을 내려다보았다. 주연은 계를 볼 때마다 놀랐다. 그가 너무 젊어 보여서였다. 이 모든 일을 시작했을 때 그들은 몇 살이었을까? 세상에 나가 계와 탁처럼 이런 일을 하고 있는 사람들은 몇 명이나 될까?

계가 말을 이었다. "어느 날, 돌봐주던 남자가 평소처럼 와서 약사에게 음식을 만들어주었습니다. 그러고는 라디오를 켰죠. 약사를 소파에 앉히고 담요를 덮어주었고요. 그런 다음 욕실로 들어가 물을 틀었습니다. 옷을 벗어서 조심스럽게 개어 마룻바닥에 놓고는 물속으로 걸어 들어갔죠. 그러고는 다시는 나오지 않았습니다.

그 사람을 발견한 건 교사였어요. 그 교사도 자주 들렀거든요. 그러니까, 그 모든 세월이 지난 뒤에도 그 사람들은 약사의 안부를 항상 확인했던 거예요. 그날 그 노인은 소파에 그대로 앉은 채 깨어 있었답니다. 무슨 일이 일어났다는 건 아는데 움직이기가 무서워서 그랬던 거였죠. 밤새도록 말입니다. 음식에는 손도 대지 않았더라고요. 온통 오줌을 지리고 있었죠. 움직이기가 무서워서요.

그거 아세요? 약사를 돌봐주던 그 남자요. 욕조에 들어간 사람. 그 사람이 들를 때마다 저 먹으라고 초콜릿이나 막대 사탕을 두고 가곤 했거든요. 저는 그때 열 살이었어요. 그게 처음이었죠. 죽은 사람을 본 게요."

계는 쓰레기통을 들고 방 안으로 들어갔다. 주연은 주머니 속을 확인했다.

"세 명이 있었다고 했잖아요." 방 안으로 들어온 주연이 말했다. "약사가 세 명을 돌봐주었다고요. 나머지 한 사람은 어떻게 됐나요?"

계가 어깨를 으쓱했다. 기억나지 않는 모양이었다. "그 사람은 이 이야기에 나오지 않아요." 계는 말했다.

"시간이 됐습니다." 탁이 끼어들었다.

*

주연과 계는 함께 호텔을 나섰다. 탁은 뒤쪽 어딘가에 있었다. 주연은 돌아보지 않겠다고 약속했고, 그 약속을 지켰다. 돌들 위로 여름의 열기가 쏟아지고 있었다. 한 걸음 뗄 때마다 넘어질 것만 같았다. 주연은 생각할 겨를도 없이 한쪽 팔을 계의 몸에 둘렀다. 계는 놀랐는지는 몰라도 내색은 하지 않았다.

시장 광장을 지나가는 동안, 주연은 계가 말릴 틈도 없이 충동적으로 티셔츠 한 장을 샀다. 가슴 한복판에 코스타 브라바!라고 프린트된 티셔츠였다. 주연은 상인에게 제일 큰 사이즈로 쇼핑백에 담아달라고 했다. 상인에게 지폐를 건네고 거스름돈을 기다리지 않고 걸어가는 그 모든 일을 신속하게 해냈다. 그러는 동안 주연은 자신이 팔을 붙잡고 있는 계를 한 번도 바라보지 않았다. 계는 그림자처럼 가벼웠다. 그들은 만 쪽으로 걸어 내려갔고, 그곳에서 길이 시작되었다. 절벽으로 이어지며 올라가는 길이었다.

절벽 꼭대기에서는 바다 전체가 보이는 듯했다. 들쭉날쭉한 해안선과 다른 도시들. 수십 척의 배가 조그만 섬들처럼 물 위에 떠 있었다. 수영하는 사람들은 해변을 달려 바위에 올라가 다이빙을 했다.

두 사람은 바다를 향해 있는 긴 벤치 하나를 찾아내 앉았다. 하지만 주연은 가만히 앉아 있을 수 없을 것 같았다.

심장이 요란하게 뛰었고, 어디에도 시선을 고정할 수가 없었다. 지금이 몇 시지? 알 수가 없었다. 그 많은 시간이 지나도록 주연은 여전히 스페인의 태양에 익숙해지지 못하고 있었다. "심장이." 주연이 말하자, 계는 주연에게 심호흡을 하라고 말하고는 손수건으로 자기 이마의 땀을 닦았다. 자신과 탁은 근처에 있겠다고 계는 말했다. 그런 다음 다시 한 번 말했다. "십 분입니다. 그게 다예요. 중요한 건 아드님을 다시 만나셔야 한다는 겁니다. 그냥 물어보세요. 이야기 끝날 때요. 제가 내내 듣고 있겠습니다."

계에게 알았다고 말할 시간도 없었다. 계는 주연에게서 멀어져 길을 내려갔다. 그리고 일 분 뒤, 두 사람이 조깅을 하며 다가오다 속도를 늦췄다. 주연은 길 가장자리 쪽에 있는 사람이 니콜라이라는 걸 알아차렸다. 주연을 놀라게 한 건 그의 덩치가 사진으로 짐작했던 것만큼 크지 않다는 점이었다. 아니면 입고 있는 헐렁한 운동복 때문에 그렇게 보이는 건지도 몰랐다. 하지만 주연은 그 부러진 코를, 자신과 마주친 두 눈을 알아보았다. 그 옆에서 조깅을 하던 보디가드는 그가 혼자서 주연에게 다가가게 놔두었다.

니콜라이는 주연과 조금 거리를 두고 벤치의 반대쪽 끝에 앉았다. 그러고는 주연을 자세히 살펴보더니 한국어로 말했다. "정말 어머니 맞아요?"

주연은 아무 말도 하지 못했다. 목소리가 나오지 않았다. 그러자 니콜라이는 작게 소리를 내며 씩 웃었다.

"생각보다 젊으시네요." 그가 말했다. "제가 상상했던 것보다요. 젊어 보여요."

주연은 자신이 이미 어떤 면에선가 그를 실망시키고 있는 건 아닌지 궁금했다. 어쩌면 모든 면에서 실망시키고 있는지도 몰랐다. 전날 밤 주연은 그 생각 때문에 잠을 이루지 못했다. 이 남자가 자신에게 실망할까 하는 생각 때문에.

"저 사람이 우리 말을 알아듣나요?" 주연이 물었다. 주연은 절벽 끝 쪽으로 옮겨 간 보디가드를 보고 있었다. 니콜라이가 "아뇨"라고 말하자 주연은 그에게 선물을 건넸다. 니콜라이는 다시 미소 지으며 고맙다고 말했지만 셔츠를 꺼내보진 않았다.

"여기 사세요?" 니콜라이가 물었다. "스페인에? 그 사람들이 그러던데요."

주연은 자신이 청소 일을 하는 사무실 이야기를 했다. 그 전에 살았던 함부르크와 서울 이야기도. 니콜라이는 주연에게서 눈을 떼지 않은 채 모든 이야기를 들은 다음, 자신은 두 살 때 타슈켄트*까지 쭉 가서 어떤 가족에게 입양되었다고 했다. 그는 그 일을 기억하지 못했다. 지금은 모스크바에 있는데, 그곳이 훌륭한 훈련과 좋은 시합을 할 수 있는 곳이어서라고 했다.

주연은 보디가드의 움직임을 눈으로 좇았다. "타슈켄트 이야기 좀 해줄래요?"

니콜라이는 그 말에 생각에 잠겼다. "공원이 있어요. 저희 부모님 댁 근처에요. 그 공원에 아주 오래된 작은 돌이 하나 있었는데, 거기엔 그 길이 실크로드의 일부였다고 적혀 있었어요. 수 세기 전에 있던 무역로요. 저는 거기 가서 앉아 있곤 했어요. 저희 어머니한테 고려인 말 수업을 받고 나면 그곳에 갔어요. 이유는 모르겠는데, 배울 때 어려웠던 단어들이나 구절들을 거기서 떠올리곤 했어요. 그러다가 제가 십 대가 되었을 때 그 도시에 지진이 났어요.

* 우즈베키스탄의 수도이자 중앙아시아 최대 도시.

지금은 전혀 다른 곳이 됐죠. 실크로드였다는 증거는 이제 없어요. 사라졌어요. 휙 하고. 누가 기억하겠어요? 누가 신경을 쓸까요? 저는 신경을 썼을까요?"

니콜라이는 두 손을 들어 올렸다. 그의 손은 나무망치처럼 두툼했다. 그는 편안해 보였고, 주연과 대화할 수 있어서 기쁜 것 같았다. 어느 커플이 니콜라이를 알아보지 못하는 척하며 지나갔다.

"그쪽을 데리고 나간 사람이 누군지 알아요?" 주연이 물었다.

주연은 그게 마을 사람 중 누구인지 아느냐고 물은 것이었다. 니콜라이는 알지 못했다. 그는 결국 러시아의 어느 교회에 도착했고, 그곳에서 전쟁이 끝날 때까지 몇 년을 보내다가 서쪽으로 우즈베키스탄까지 갔다고 했다.

"그쪽 부모님은," 주연이 말했다. "그분들은 친절하게 대해주시나요?"

니콜라이는 고개를 끄덕였다. "식당을 운영하세요. 한국 식당이요. 전 부모님을 위해서 여기 온 거예요."

니콜라이가 여기서 시합을 하면 꽤 많은 돈을 벌 수 있다고 설명한 건 그때였다. 이번이 그가 처음으로 유럽에서 치르는 시합이라고 했다. 이번 시합은 그에게 몹시 중요했다. 시합 자체가 아니라 돈 때문이었다.

"전 여기 쇼를 하러 온 거예요." 니콜라이는 말했다. "미국인들을 위한 쇼요. 전 질 거예요. 져야 돈을 받거든요. 그래야 부모님한테 돈을 보내드릴 수 있어요."

주연은 니콜라이의 솔직함에 놀랐다.

"권투는 가끔씩은 그냥 비즈니스예요." 니콜라이가 말했다.

"그럼 그다음 시합은요?"

"그다음 시합은 제가 이기죠." 니콜라이는 말하며 두 주먹을 들어 올렸다. 그러고는 다시 웃음을 터뜨렸다. 그의 미소는 아름다웠다. 목소리는 굵고 낮았다. 주연은 갑자기 니콜라이를 키워준 여자를 알고 싶다는 생각이 들었다. 그 사람과 연락이 닿았으면 좋겠다는 생각도 들었다. 마치 그 여자가 하숙집 복도 저쪽에 살고 있어서 방문을 두드리면 들어가 침대에 함께 누워 이야기를 나눌 수 있기라도 한 것처럼.

주연은 어린 시절에 기억나는 다른 건 없느냐고 물었지만, 니콜라이는 아는 게 별로 없었다. 주연은 그들 사이에 놓인 선물이 든 쇼핑백을 내려다보며 자신은 가축들이 기억난다고 말했다. 그리고 저녁이면 그들을 위해 노래를 불러주던 한 여자도. 오늘 아무래도 그 여자의 목소리를 들은 것 같아서 자신이 미쳐가고 있는 게 아닌가 생각하고 있던 참이라고도 했다. 그 여자는 그곳을 탈출했다고 주연은 말했다. 뉴욕 외곽에 살고 있거나, 적어도 전에는 거기 살았었다고. 그들이 매년 연락을 주고받던 때도 있었지만 그러지 않은 지 오래됐다고. 주연은 그 이야기를 듣고나면 니콜라이가 조금이라도 말을 할 거라고 생각했다. 하지만 니콜라이는 이제 바다를, 그리고 기울기 시작한 해를 내다보고 있었다. 그러면서 두 손으로 계속 주먹을 쥐었다 폈다 했다.

보디가드가 그들 앞을 돌며 손가락 두 개를 들어올렸다. 이 분 남았다는 뜻이었다.

주연의 심장이 다시 요란하게 뛰기 시작했다. 전선이 땀에 미끄러지는 게 느껴졌다. 주연은 시합을 하는 건 어떤 느낌이냐고 물었다.

"링 안에서는 그렇게 멀리까지 가지 않아도 돼요. 그게 좋아요." 니콜라이는 대답했다.

"눈에는 신경을 쓰나요?"

"눈이요?"

"권투할 때요. 상대 선수의 눈에 신경을 쓰나요?"

"쇄골에 신경을 쓰죠." 니콜라이는 그렇게 말하고는 일어섰다. 그는 길로 되돌아가더니 주연에게 보여주려고 섀도복싱을 몇 번 했다. 주연은 그에게서 뿜어 나오는 힘을 지켜보았다. 그에게서 나오는 자기 통제력과 중심을 잡는 능력을. 주연은 언젠가 라스 람블라스에서 복잡한 대성당 그림을 그리는 화가를 지켜본 적이 있었다. 그 모습과 비슷했다.

"쇄골이랑 어깨를 봐요." 니콜라이가 말했다. "거기 다 있거든요." 그는 다시 자리에 앉았다. 그러더니 한숨을 쉬고 기다란 나뭇가지들을 올려다보았다.

"뭐든 떠오르는 게 있나요?" 주연이 물었다.

주연은 그 말을 달리 어떻게 해야 할지 몰랐다. 지난 이틀 동안, 그리고 지금까지 구 분 동안 내내, 주연은 자신이 뭔가 잘못 생각한 건지, 어딘가에서 실수를 저지른 건지, 이 젊은 남자 옆에 앉아 있으면 무언가를 더 깊이, 진정으로 알아볼 수 있을지 궁금해하며 보냈다.

머리 위에서 새 한 마리가 바다로 날아갔다. 주연은 니콜라이에게 설명했다. 자신이 남쪽으로 넘어간 건 남편에게 그렇게 하겠다고 약속했기 때문이라고. 하지만 결국 남편을 찾지 못했다고. 그리고 지금껏 남편이 살아남았는지, 행복하고 건강한지, 그가 서울에 사는지, 아니면 스페인이나 타슈켄트나 다른 어딘가에, 가깝거나 먼 어딘가에 사는지, 다른 가족과 함께 사는지 혼자 사는지 알지 못한다고 했다. 남편이 자신을 떠올리기는 하는지, 바다의 밀물이 들어오고 썰물이 빠져나가듯 자신이 남편을 쉬지 않고 떠올리는 것처럼, 남겨두고 온 아들보다 더 많이 떠올리는 것처럼, 그도 자신을 그렇게 떠올리는지도 알지 못한다고.

이런 말을 하는 게 끔찍하냐고 주연은 물었다.

"시간 다 됐어요." 보디가드가 러시아어로 말하며 니콜라이의 무릎을 톡톡 두드리고는 길을 따라 조금 내려갔다.

주연은 다시 일어서는 니콜라이의 얼굴을 샅샅이 훑었다. 니콜라이는 거의 주연의 손을 잡으려는 듯 움직였다. 선물 고맙다는 말을 하는 그의 손가락에 걸린 쇼핑백이 흔들렸다. 그가 보디가드를 따라가려고 몸을 돌렸을 때, 주연은 다음번 만남을 상상해보려고 했다. 그리고 그다음번 만남을. 이 만남을 둘러싼 오랜 환상을 떠올렸다. 자신이 연기하고 있는 역할을, 그리고 어쩌면 니콜라이 역시 연기하고 있을지 모르는 역할을. 그 갈망을. 갈망으로 채워진 그 모든 세월을.

주연을 여기로 데려온 이 사람들에게 주연의 쓸모가 다하고 나면 무슨 일이 벌어질까?

주연은 결국 하라고 지시받은 말을 하지 않았다.

두 남자가 막 절벽을 내려가려던 찰나, 주연이 벤치에서 일어나 그의 이름을 소리쳐 불렀다.

니콜라이!

두 사람 모두 뒤돌아보았다. 보디가드의 얼굴에 갑자기 경계하는 기색이 떠올랐다.

주연은 그들 쪽으로 몇 걸음을 떼었다. 그런 다음 한 손으로 가슴을 눌러 전선을 가리고 말했다. "그 마을에요. 내가 말한 그 노래하던 여자요. 그 여자한테 아이가 있었어요. 또 다른 여자한테도 아이가 있었고요. 바구니 짜는 여자였어요. 두 아이 모두 제 아이랑 같은 해에 태어났어요. 여섯 달 간격으로, 어쩌면 그보다 더 짧은 간격으로요. 세 아이 모두 남자아이였어요. 세 아이 모두요."

그다음에 주연이 말하지 않은 것은, 계와 탁에게 종이 한 장이 넘는 증거를 요구하지 않은 것과 마찬가지로 말하지 않은 것은, 주연의 아들이 태어난 지 다섯 시간 만에 세상을 떠났다는 사실이었다. 주연은 자신의 품에 안긴 그 아이가 세상을 떠나는 걸 지켜보았고, 떠난 뒤에도 한동안 지켜보고 있었다. 아이는 결코 눈을 뜨지 못했다. 주연은 결코 눈을 감지 못했다. 그날 밤 어느 결엔가, 주연은 누군가가 자신의 아들을 다른 곳으로 데려가는 걸 느꼈다. 혼돈과 광기 속에서 여러 가족이 흩어지는 와중에 또 다른 누군가가 주연의 몸을 들쳐 안고 옮기기 시작했고, 그렇게 해서 주연은 그곳을 떠나게 되었다. 다른 사람들의 손에 운반된 것이었다.

주연은 전선을 놓았다. 니콜라이의 생각이 뻗어 나가는 경로가 보이는 것 같았다. 그는 손에 든 쇼핑백을 내려다보고 있었다. 처음으로 전단지를 발견한 것이었다. 주연은 그 전단지 뒤쪽에 그 노래하던 여자의 이름과 뉴욕에 있는 동네의 이름을 휘갈겨 쓴 다음, 티셔츠의 접힌 부분 사이에 밀어 넣어두었다. 바구니를 짜던 여자에게 무슨 일이 일어났는지는 알 수 없었다. 그 여자 역시 탈출했는지도.

주연은 니콜라이에게 말하고 싶었다. 그 노래하던 여자에게서 시작하면 된다고. 정말로 찾아보고 싶다면, 거기서 시작하면 될 거라고.

니콜라이는 달라지지 않은 표정으로 여전히 쇼핑백을 내려다보고 있었다. "시합 보러 오세요." 그가 갑자기 아이처럼 부드럽고 수줍은 목소리로 말했다. "시합 보러 오세요. 그때 뵈어요."

그리고 주연이 뭐라고 대답하기도 전에 그는 보디가드와 함께 사라졌다. 주연의 뒤에서 계가 허겁지겁 걸어 올라왔다.

"뭐라고 하신 겁니까?" 계가 주연의 팔을 붙잡으며 말했다. "분명 뭐라고 하셨잖아요. 말했다는 거 압니다. 무슨 말을 하신 거예요? 상관없어요. 물어보는 걸 잊으셨지만, 상관없습니다. 그쪽에서 말을 했죠, 그렇죠? 말을 했어요."

주연은 계에게서 멀리로 걸어가기 시작했다. "제발 그만하세요." 주연은 말했다. "제발 저를 그냥 놔둬주세요."

"우린 시합에 갈 겁니다." 계가 주연을 무시하며 말했다. "그래요. 정말 잘하셨어요. 그러실 줄 알았습니다. 홀

룡했어요. 아드님을 다시 보시게 되겠네요."

주연이 비명을 질렀다.

주연은 두 귀를 막고 절벽 가장자리로 걸어갔다. 그러고는 비명을 질렀다. 비명 소리가 아래쪽 만까지 메아리쳐 내려갔다. 한 젊은 남자가 한 여자를 부축해 벤치로 되돌아가고 있었고, 사람들이 손그늘을 하고 지켜보고 있었다. 다른 일이 더 일어나지 않자, 사람들은 일몰을, 배들을, 그리고 마지막으로 남아 수영하는 사람들을 지켜보는 일로 돌아갔다. 바위 위에 올라가 하나둘씩 석양이 비치는 바다로 뛰어드는 사람들을.

At the Post Station

역참에서

에도시대,
1608년

1

    여행 마지막 날 도카이도*에서, 우리는 일찌감치 꽃을 피운 나무 한 그루와 마주친다. 나무는 길에 끝없이 늘어선 삼나무들 한복판에 홀로 서 있다. 그 새빨간 빛깔이 마치 상록수들 사이에 난 문처럼 너무도 갑자기 나타나 시선을 사로잡는 바람에, 우리는 그리 멀지 않은 도랑 속에 시신 한 구가 누워 있는 걸 처음에는 알아차리지 못한다.

* 에도시대에 에도(현재의 도쿄)와 교(현재의 교토)를 이었던 도로. 쉰세 개의 역참이 세워져 있었다.

거의 곧바로 히로코가 말에서 내린다. 그는 칼집에서 칼을 뽑아 들지만, 나는 그에게 신호를 보낸다. 그러고는 내 말의 양쪽 귀를 바라보며 주위를 경청한다. 계속 아무 소리도 들려오지 않자, 나 역시 말에서 내려 언덕길을 조금씩 내려가며 도랑으로 다가간다. 히로코가 내 뒤를 따라오는 동안 붉은 꽃잎들이 우리 머리 위로 떨어진다.

거기 누워 있는 건 남자다. 아니, 남자였다. 누군가가, 혹은 두 명 이상이 시신을 거적에 둘둘 말려고 했던 것 같지만 솜씨가 서툴렀다. 바람이, 혹은 짐승들이, 혹은 그 둘 모두가 거적을 벗겨내는 바람에 남자의 몸에 난 상처들이 드러나 있다. 남자의 배는 우리 칼처럼 기다란 칼날에 찢겨 있고, 오른쪽 어깨는 반으로 잘려 머리와 목이 쇄골에서 거의 완전히 떨어져 나가 있다. 남자의 피는 옷과 주위의 흙에 스며든 지 오래다. 죽은 지 두 주쯤 돼 보인다. 어쩌면 그 이상 됐을지도 모른다. 두 눈은 떠져 있지만 찻물처럼 살짝 탁해져 있다.

내 호기심을 불러일으키는 건 남자가 유럽인이라는 사실이다. 아마 스페인 사람인 것 같다. 이런 말을 하는 건 내가 평생 만나본 사람 중에 이 남자처럼 옷을 입은 건 스폐인 사람들밖에 없어서다. 그들은 일 년에 한 번씩인가 우리 고장의 성들에 찾아오는 선교사들이다. 물론 이것들 중 어떤 것도 확실하진 않다. 남자가 어떻게 죽게 되었는지도 그렇다. 남자의 종교가 상대를 자극한 건지, 혹은 그저 이 길에서 너무나도 자주 그러듯 지나가던 두 무리의 사람들이 주고받은 말들 때문인지, 그러니까 모욕이나 무례한 몸짓이 오간 것인지는 알 수 없다. 불과 작년에도 그런 일이 있었다. 우리 주군이 해마다 한 번씩 쇼군의 성에 가서 지내기 위해 가신들과 함께 이 길을 따라 에도로 향하고 있을 때였다. 우리는 다른 두 영주와 그들 각자의 가신들 사이에 일어난 작은 충돌 때문에 한 젊은 남자가 죽는 걸 목격했다. 알고 보니 한쪽 영주가 다른 쪽 영주의 가신들에게 모자를 벗고 절을 하라고 명했으나 거절당했던 게 화근이었다.

적어도 그들은 그 젊은 남자를 데려갔고, 우리를 위해 최대한 빨리 길을 정리했다. 나는 그들 중 누구도 다시 보지 못했다. 내가 그 젊은 남자가 누구였는지 알게 되기는 했는지 떠올리려고 애쓰고 있는데, 히로코가 내 손목을 건드린다. 나는 몸을 돌려 도랑 위쪽을 바라본다. 소년이 길가에 서서 우리와 우리 앞에 펼쳐진 광경을 물끄러미 들여다보고 있다. 우리가 책임을 맡아 지난주 내내 도카이도를 따라 데려온 조선인 소년이다. 부끄럽게도 나는 잠깐 동안, 아니 그보다 더 오랫동안 그 애에 관해서는 완전히 잊고 있었다. 그 애는 우리가 알기로 열 살쯤 되었고, 이름은 없다. 적어도 내가 아는 이름은 없다. 우리 주군의 자제의 책임하에 있다가 그가 지난겨울에 병으로 세상을 떠나는 바람에 다시 고아가 된 아이다.

히로코는 그 애를 조선 침략의 피해자라고 부른다. 십년 전, 우리는 갓난아이였던 그 애를 조선에서 데려왔다. 당시의 혼돈 속에서 나는 그 애를 어찌해야 좋을지 몰랐다. 내가 제대로 상황을 깨닫고 인지하기도 전에 내 두 팔은 주군의 자제의 명령에 따라 그 애를 안아 들고 말을 탄 그에게 데려가고 있었다.

우리는 그 애를 '유미'라고 부른다. '활'이라는 뜻이다. 아이의 활 솜씨 때문이기도 하고, 소리를 거의 내지 않는 재빠른 움직임 때문이기도 하다. 지난 몇 년 동안 일본어를 배운 유미는 오직 일본어로만 조용조용 말한다. 나는 그 애가 우리와 함께 지내는 동안 어떤 삶을 살아왔는지 정말로는 알지 못한다. 그 애는 매일 우리 주군의 자제가 벌이는 괴상한 행동들을 상대해야 했으니까. 주군의 자제는 그 애를 곡예단의 짐승처럼 취급했을뿐더러, 전쟁에 굶주려 있었고 허영심과 탐욕과 식탐이 강했으며, 무엇보다 온갖 것을 두려워하는 인간이기도 했다. 그런 사내 밑에서 살아가는 일이 어땠을지 나로선 상상이 가지 않지만, 아이는 건강하고, 무엇보다 활기차다. 언제나 두 눈이 생기 있고 초롱초롱하다. 그리고 내가 영광스럽게도 연습장에 나가 활쏘기를 가르칠 때면, 대개 그 애에게선 어떤 두려움도 보이지 않는다.

지금도 그렇다. 저기 도랑 가장자리에 서 있는 그 애는 숲의 신령처럼 빛이 날 것만 같다. 거적에 덮인 시신이 불러일으킨 흥분과 호기심이 아이의 두 눈 속에서 커져가는 게 보인다.

"그 위에 가만히 있거라." 나는 아이에게 말한다.

물론 아이는 듣지 않는다. 그 애는 어깨에 아이용 활을 메고 있다. 활 없이는 움직이지 않는 아이다. 화살들은 내 말의 등 어딘가에 실려 있다. 아이는 활시위를 살짝 당겨보며 어떻게 내려가야 좋을지 생각하다가, 엉덩이를 대고 앉아서 비탈을 미끄러져 내려온다. 그 애는 자기가 예상한 것보다도 빠르게 미끄러져 내려오고, 나는 아이의 두 발이 시신을 건드리기 전에 그 애를 붙잡는다. 아이가 나를 보고 씩 웃는다. 시취 때문에 신경이 쓰이는지는 몰라도 그 애는 내색하지는 않는다.

나는 기모노 속에 지니고 있던 손수건을 꺼내 아이에게 건넨다. 아이가 손수건으로 코와 입을 가리고 시신의 상처들을 자세히 살펴보는 동안, 히로코는 손가락으로 시신의 창자와 그 유럽인의 깎지 않은 수염 위 허공을 차례로 가리킨다. 히로코에게는 기쁘게도, 개미들이 남자의 열린 입술로 줄지어 기어올라가 입속으로 사라지는 중이다. 아마도 알을 낳으려는 모양이다.

"한번은 옛날에 전쟁터였던 곳을 지나간 적이 있었는데," 히로코는 내가 아니라 아이에게 말하고 있다. 그 자리에 있었던 나는 이미 아는 이야기이기 때문이다. "거기서 전사한 무사들한테 조의를 표하러 갔었거든? 그런데 거기 있는 빈터에서, 태어나서 처음으로 사람 해골을 본 거야. 죽을 때 입고 있던 갑옷을 그대로 입고 있더라고. 그리고 내가 뭘 봤는지 알아, 유미? 그 해골 입에서 나무

한 그루가 자라나 있었어. 어린 벚나무였어. 신기하지 않니? 우린 이 생을 살다가 또 다른 무언가가 되는 거야. 네 생각도 그렇지 않니? 너는 이 생을 살았지만, 내일이면 금방 또 다른 누군가가 돼서 또 다른 누군가와 살게 될 거 잖아. 그런 변화를 두려워해선 안 되는 거야. 그걸 받아들이고 더 강해져야 돼. 지금 이 남자의 혼이 그늘 밑에서, 새로 피어난 이 색색깔의 꽃잎들 아래서, 비와 눈으로부터 보호해주는 가지들 아래서 잘 지내고 있는 것처럼 말이야."

"히로코." 내가 말한다.

나는 이 상황을 마무리할 생각이다. 우린 여기 너무 오래 있었고, 아이는 이런 이야기를 들을 필요도 이런 광경을 볼 필요도 없다. 그런데 또 한편으로는, 아이가 관심이 있을 수도 있겠다는 생각도 든다. 그 애가 전에 유럽인을 본 적이 있는지는 기억나지 않는다. 내가 기억하기로 그 애가 지난 십 년 동안 본 적 있는 시신은 딱 한 구다. 무술에 뛰어난 다른 아이들과 함께 시합에 참여하기 위해 나와 함께 다른 영주의 저택에 갔을 때였다. 어떤 가족이 손수레 짐칸에 낡은 깃발로 덮인 누군가를 실어 나르고 있었다. 그들은 시신의 한쪽 팔이 빠져나와 손등이 흙길에 끌리고 있다는 걸 모르고 있었다. 나는 말에서 내려 그들을 도왔고, 유미는 말에 탄 채 지켜보고 있었다. 거리를 두어 시신에게 예를 갖추면서도 그 입속의 개미들을 히로코와 함께 자세히 들여다보고 있는 지금과 똑같이 말이다.

어쩌면 우리 여행이 내가 예상치 못한 여러 면에서 교육적인 것으로 증명되고 있는 건지도 모르겠다. 히로코 말이 맞다. 내일 이 무렵이면 우리는 유미와 헤어질 것이고, 그 애를 다시는 보지 못할 가능성이 높다. 나는 그편이 낫다고 생각한다. 그 애는 마침내 우리 주군의 자제에게서 해방되는 것이고, 우리의 보호하에 갇혀 있지 않아도 될 만큼 나이를 먹기도 했다. 그 애는 새로운 삶을 시작할 것이다. 훨씬 더 괜찮고 의미 있는 삶을.

히로코가 말을 멈추더니 내게 가볍게 고개를 숙인다. 내가 그만하라고 해서 짜증이 났을 텐데도 그런다. 나는 아이에게 도로 길을 올라가 말들을 확인하라고 일러준다.

"저 사람도 데려갑니까?" 아이가 올라가자 히로코가 묻는다. 이제 그의 여행용 바지에는 온통 흙이 묻어 있다. 히로코가 말하고 있는 건 시신이다.

"그냥 놔둬라." 내가 말한다.

히로코가 말한다. "저자들은 왜 저렇게 지저분한 걸까요? 유럽인들 말이에요. 저 수염 좀 보세요. 이랑 손톱도요. 스스로의 명예를 더럽힌다니까."

나는 히로코에게 남자가 깔끔한 성격이었는지 아닌지야말로 그가 신경 쓸 문제가 아니라고 말해준다. 우리는 무슨 일이 일어났을지 빠르게 추측을 주고받고는, 종교 때문이었을 거라고 결론을 내린다. 사실 그게 우리에게는 가장 극적인 이야기로 느껴지기 때문이다. 미소를 짓는 걸 보니 히로코는 내가 이야기를 가로막은 것에 대해서는 마음이 풀린 것 같다.

우리가 도카이도로 돌아와보니, 유미는 떠날 준비가 된 상태로 우리 말 두 마리의 고삐를 쥐고 있다. 자기 소지품들을 조용히 뒤져 찾아낸 화살은 이제 활과 함께 등에 지고 있다. 영리한 아이다.

나무들이 만들어낸 통로로 한 줄기 바람이 불어오고, 삼나무들을 배경으로 흔들리며 떨어져 내리는 붉은 꽃들이 내게는 여전히 하나의 문처럼 보이는 가운데, 우리는 목적지로 계속 나아간다.

2

내 이름은 야마시타 도시오. 스물아홉 살이고, 주군을 모시고 있다. 우리는 미카와국 동쪽 가장자리에서 왔고, 도카이도를 따라 여행한 지 이제 일주일째이며, 무사시국으로 넘어와 아이가 지치는지 보아가며 하루에 대략 평균 12리*씩, 때로는 그 이상씩 여행하고 있다.

지금은 봄이 공식적으로 시작되기 전이다. 많은 여행자나 행렬을 이룬 사람들과 그들의 영주들을 마주치지 않았으면 하는 마음에 의도적으로 일정을 그렇게 잡은 것이다. 나는 아직 겨울 기모노를 입고 있다. 저녁에는 춥기 때문이다. 이 섬에서 전쟁의 세월로 괴로움을 겪은 데다 그 전쟁들로 이익을 본 다른 역참들과의 경쟁 때문에 힘들어해 온 역참에서나, 사치스러운 쪽에 가까워서 내부가 궁궐 같은 역참에서나 추운 건 마찬가지다.

사람들은 일본이 평화로운 시기에 접어들었다는 말을 몇 번이나 하고 또 상기시켜준다. 정말 그런 것 같다. 히

---

* 약 50킬로미터.

로코가 말하듯 우리는 조선인 고아에게 심부름꾼이자, 관리자이자, 행정관이자, 아이 돌보는 사람이자, 보호자가 되었다. 히로코가 과장하고 있다는 건 안다. 하지만 이 몇 년 동안 나는 그런 역할들을 꺼리지 않고 지냈다. 또 다른 나는 가슴속 깊이 밀어 넣어두었는데, 그 또 다른 내가 그리운 일은 별로 없다. 내 마지막 전투는 조선에서 치렀는데, 거기서 나는 엄지손가락을, 히로코는 뺨의 살점 한 조각을 잃었다. 히로코의 상처는 이제 희미한 흉터로 변해 있다. 가끔씩 저녁에 술을 너무 많이 마시면, 우리는 내 엄지손가락과 히로코의 뺨 살점이 그 공포의 반도에서 서로를 발견해 함께 잘 살고 있다고 상상하기를 좋아한다. 그것들도 들어가 번성할 자신들만의 나무를 찾아냈을까? 가끔씩 우리는 확신한다. 아이가 자기 심장 근처에 그것들을 품고 다니고 있으며, 어느 날 으깨버릴 거라고. 그러면 우리는 그 고통을 영원히 느끼게 될 거라고.

나는 가끔씩 그 아이, 유미 때문에 겁이 난다는 듯 행동한다. 하지만 단언하건대 그 애는 나를 겁먹게 하지 않는다. 나는 지난 몇 년 동안 나 자신을 조금 더 좋아하게 되었다. 머릿속을 스쳐가는 생각들을 조금 더 잘 털어놓게 되기도 했고. 전사가 이런 말을 하면 어리석게 들릴까?

반대로 히로코는 계절이 지나갈 때마다 점점 더 불안해지는 것 같다. 점점 더 많은 시간을 우리 성 바깥에 있는 유곽에서 보내고, 죽을 만큼 아프지는 않은 갖가지 병에 걸렸었고, 더 이상 운동을 많이 하지도 않으며, 자기 얼굴에는 상처가 나 있으니 자신에겐 여자든 남자든 아무나 그날 기분에 따라 뻔뻔스럽게도 빤히 쳐다볼 권리가 있다고 믿는다. 우리 주군의 자제와 똑같은 방식으로 망가지기도 하지만—그리고 고백하건대 그 두 사람은 종종 함께 망가지곤 했다—히로코는 내가 가장 오랫동안 알고 지낸 사람이고, 우리가 지금보다 젊었던 시절 그가 지니고 있던 유머와 친절함은 지금도 생생하다. 그를 여전히 최고의 전사가 되게 하는 강인함도 그렇다.(나는 우리가 결투를 하면 지금도 그가 나를 이길 수 있다고 확신한다. 그에게 이 사실을 털어놓는 일은 절대 없겠지만 말이다!)

히로코는 유미를 친절하게 대해준다. 그 시신 옆에 웅크리고 앉아 있었을 때 그랬듯 가끔씩은 무신경하지만 말이다. 그로부터 몇 시간 뒤에 길에서 일어난 일을 예로 들어보자. 우리는 목적지에 도착하려면 건너야 하는 강에 당

도했다. 눈이 녹아 낡은 나무다리에 거의 닿을 만큼 높아진 강물은 다리를 이쪽저쪽으로 조금씩 밀어낼 정도로 힘이 셌다. 그렇기는 해도 전에 에도로 가는 길에 그 다리를 너무도 많이 건너다녔던 터라 우리는 별로 심각하게 생각하지 않았다.

아니, 어쩌면 우리는 조금 피곤했지만 피곤하다는 걸 인정하지 않은 채 역참에 도착할 생각만, 이 임무를 끝낼 생각만 굴뚝같았는지도, 그래서 조금 서두르고 있었는지도 모르겠다. 말들은 쉽게 강을 건넜다. 수없이 건너본 강이라 요령을 알았다. 말들은 강둑 위에 올라가 물을 털어내고 풀을 뜯기 시작했고, 지루해진 표정으로 우리를 기다리고 있었다.

그래서 히로코와 나는 아이를 가운데에 세우고 인도교 위를 걷기 시작했다. 나는 우리가 발을 딛는 곳을 계속 쳐다보고 있지는 않았다. 그 시신을 본 충격이 여전히 남아 있었기 때문이었을 수도, 아직 내 마음의 표면으로 떠오르지 않고 있던 다른 무언가 때문이었을 수도 있다. 말들을 쳐다보고 있었던 것 같기도 하다. 녀석들의 편안함과 태연함에 감탄하면서 말이다. 강물 소리가 요란해서 나는 아이가 다리에 난 구멍으로 빠지면서 다리가 갈라지고 부서지는 소리가 나는 걸 듣지 못했다. 사실 등에 지고 있던 화살들이 아니었으면 영영 그 애를 잃고 말았을 것이다. 그 애는 화살들 덕분에 떨어지지 않은 채 거기 물속에 매달려 있었다. 강물이 순식간에 몸 위로 덮쳐오는 바람에 완전히 물속에 잠겨버렸지만, 우리 둘을 올려다보며 물을 먹기 시작한 얼굴이 여전히 보였다.

우리가 더 빨리 행동할 수도 있었을까? 뭐라고 대답해야 할지 모르겠다. 전투에 나가 있을 때 그랬던 것처럼 히로코와 나 사이에 무언가가, 말로 표현할 수 없는 순간이 지나갔다는 건 안다. 하지만 그 순간은 금세 사라졌고, 우리 둘은 몸을 굽히고 아이를 위로 끌어 올린 다음 서둘러 반대편으로 데려갔다. 나는 아이의 윗도리를 벗기고 맥박을 확인했고, 그 애를 옆으로 돌아눕히고는 몇 번이고 등을 두들겼다. 그러자 아이는 기침을 하고 강물을 뱉어내며 정신을 차렸다. 히로코가 자기 허벅지를 요란하게 철썩철썩 때리며 웃어대는 바람에 말들이 그 소리에 놀랐다.

그다음엔 방금 무슨 일이 일어난 건지 깨달은 아이가 비명을 지르기 시작했다. 그 애는 나를 향해 무릎을 꿇고 앉아 양쪽 주먹을 한 번씩 휘둘렀다. 주먹이 내 가슴을 겨우 건드릴 정도였다. 그러더니 그 애는 비명을 질렀다.

"유미." 내가 말했다. "미안하다."

나는 아이의 양 손목을 잡은 채 그 애가 진정할 때까지 계속 그 말을 했고, 그런 다음엔 그 애가 자기를 두고 난리 피우는 걸 그만두라고 날카롭게 말할 때까지 그 애의 몸 이곳저곳을 살펴보았다. 아이가 전에 그런 말을 내게 한 적은 없었던 것 같다. 나는 그 말에 담긴 자신감과 성숙한 느낌에 놀랐다. 고백하건대 내 손아귀에서 벗어나려고 발 버둥 치는 그 애의 힘 또한 놀라웠다. 나는 그 애에게 다시 한 번 미안하다고, 발밑에 좀 더 주의를 바짝 기울였어야 했다고 말했다. 그러자 히로코가 아이의 짐이 있는 곳으로 여벌 옷을 찾으러 갔다.

"내 옷을 대신 입히지." 나는 히로코에게 말했다.

히로코는 주저했다. 그러다가 고개를 숙이고는 내 짐을 건네주었다. 그 안에는 여벌 기모노가 들어 있었다. 나는 그 옷을 풀밭 위에 펼쳐놓고 단도를 꺼냈다. 밑단을 베어 내고 양쪽 소매를 아이의 팔 길이에 맞게 잘라냈다.

물론 그 옷은 제대로 된 대체품은 아니었다. 유미는 우리 주군의 자제가 언제나 그 애에게 바랐던 모습처럼, 다시 말해 곡예단원처럼 보였다. 하지만 내 기모노를 입은 그 애는 몹시 기뻐했다. 그 옷은 그 애를 삼키듯이 폭 감싸고 있었지만, 우리가 역참을 향해 나아가기 시작하자마자 그 애는 강에서 일어난 사고를 잊어버렸다. 적어도 그런 것처럼 보였다.

내 옆에서 말을 타고 있던 히로코가 속삭였다. 왜 내 기모노를 그렇게 했는지 모르겠다고. 그 말엔 내가 우리의 제복에 무례를 범했고, 따라서 우리 자신과 우리의 임무에도 무례를 범한 거라는 함의가 깔려 있었다. 하지만 나는 그를 무시하고 내 말의 양쪽 옆구리에 박차를 가해 앞으로 달려 나갔다. 우리가 역참의 대문에 다가갈 때, 아이는 두 팔로 내 몸을 껴안고 있었다.

아이의 여벌 옷을 입혔더라면 그 애는 더 이상 남은 옷이 없었을 것이다. 나는 그 사실을 설명할 필요를 느끼지 못했다. 그리고 내일이 지나면 그 애가 얼마나 더 멀리 가게 될지, 얼마나 오랫동안, 그리고 정확히 어디로 가게 될지 나도 히로코도 알지 못했다.

3

우리가 받은 명령은 다음과 같다. 이 지정된 역참에서 일본을 순회 중인 조선인 사절단의 일원이 오기를 기다린다. 우리는 유미의 보호자로서의 지위를 그에게 넘겨줄 것이고, 그러면 유미는 우리가 추정하기로 사절단에 합류해 결국에는 배를 타고 조선으로 돌아가게 될 것이다. 자신이 태어난 나라로 돌아가 가족과 집을 배정받고 살게 될 것이다.

조선인들은 우리 주군의 자제의 부인을 통해 그 아이를 알게 되었다. 주군의 며느리였던 그 부인은 지난해 부군이 세상을 떠난 뒤로 에도에 상경해 머무르기 시작했다. 쇼군에 대한 충성심을 보이기 위해서였다. 나는 종종 이런 체류를 외부인이 본다면 이상하다고 생각하지 않을지 궁금하게 여겨왔다. 우리는 이 관습을 수십 년 동안 지켜왔다. 영주들의 수많은 아이들과 부인들이 일정한 기간 동안 에도에 머무르며 쇼군의 자비로운 보호 아래에서 살아가는 일에 동참한다. 영주들은 가신들을 데리고 이 년에 한 번씩 그들을 찾아간다. 우리는 주군의 자제를 묻은 다음 그의 부인을 이 길로 모셔왔고, 그게 내가 부인을 마지막으로 보았던 때였다.

그 부인의 이름은 가쿠에이고, 나와 함께 자랐다. 이제 나는 감히 그 이름을 공공연하게 부르지 않지만 말이다. 우리 주군이 고아 소년에 대한 관심을 드러냈을 때, 처음에는 우리가 에도까지 쭉 가게 될 줄 알았던 나는 가쿠에를 다시 볼 생각으로 몹시 기뻤다. 하지만 일은 그렇게 풀려나가지 않았다. 추문을 일으키지 않고 우리가 연락할 방법은 없었기에, 나는 가쿠에가 에도에서의 생활에 적응했는지, 여전히 슬퍼하고 있는지, 한 번이라도 정말로 슬퍼하기는 했는지 지금도 궁금하다.

가쿠에가 그 남자에게서 대체 무엇을 보았던 건지 나는 알 수 없지만, 그 결혼이 다른 여러 면에서 적절했다는 건 안다. 내게 만약 혼기가 찬 딸아이가 있었더라면 어땠을까. 고백하건대, 영주와 사무라이 중에서 어느 쪽을 택해야 그 애에게 명백하게 안정되고 오래가는 결혼이 될지를 두고 확신이 없는 척이라도 했다면 나는 무책임한 인간일 것이다. 나는 가쿠에가 택한 삶도, 내 삶도 못마땅해하지 않는다. 주군을 모시며 같은 성벽 안, 가쿠에 가까이에서 시간을 보냈던 건 대단한 특권이었다. 방문객이나 가정 교사와 깊은 대화를 나누며 기다란 복도를 걸어 내 쪽으로 다가오는 가쿠에를 그토록 자주 발견하고, 그를 위해 옆으로 물러서서 절을 하며 언제나 기쁨을 느낄 수 있었던 것 역시 그랬다.

어쨌든 이런 생각을 하는 지금, 나는 앞으로 몇 년 동안 유미에게 어떤 운명이 닥칠지 궁금해진다. 그 애는 누구를 만나게 될까. 그 애의 조선 이름은 무엇이 될까. 그 애가 결국 하게 될 결혼에는 사랑이, 그러니까 내가 이해한다고 믿는 방식의 사랑이 개입되어 있을까, 아니면 다른 무언가가 그 결혼을 좌우하게 될까.

지금 나는 예약해둔 여관방에 있는 유미를 바라본다. 물에 빠졌던 그 애의 머리칼은 젖어 있다. 나는 조금 더 자란, 지금의 나만큼 나이가 든 그 애를 상상하려 해본다. 이 아이는 어떤 남자가 되고 어떤 규율을 따르게 될까.

우리가 다시 만나게 될지도, 만난다면 전투 중에 만나게 될지도 궁금하다.

가슴속에서 뜨거운 것이 타오른다. 나는 그곳을 긁는다. 히로코는 자신의 요 위에 누운 채 고개를 뒤로 젖혀 창문을 쳐다보며, 유곽에 가고 싶지만 가고 싶지 않은 척한다.

그 조선인은 우리가 도착한 시간까지 여기 와 있기로 되어 있었다. 우리가 여관을 잘못 찾았을지도 모른다는 생각이 들었다. 내가 추측건대 이 역참에는 스물다섯 채의 건물이 있고, 그중 적어도 세 채는 여관인 것 같다. 대문으로 들어오는데 앞쪽 건물들의 기와지붕이 햇빛에 반짝이는 게 보였다. 나는 이 역참의 준수하고 깔끔한 상태가 꽤 만족스러웠다.

영주와 가신들이 여기 묵고 있다는 흔적이 전혀 보이지 않아서 안심이 되었다는 것도 인정해야겠다. 어떤 문 앞에도 나무로 된 표지판도, 깃발도, 모래 더미도 없었다.(아까도 말했듯, 우리는 관심을 끌고 싶은 마음이라곤 조금도 없다.) 하지만 조금 더 안으로 들어가자 건물들은 달라졌다. 기와지붕은 초가지붕으로 바뀌었고, 다시 비바람에 뒤틀리고 곰팡이가 핀 간단한 나무판자 지붕으로 변했다. 오랜만에 찾은 이 역참이 세월에 타격을 입은 건 분명해 보인다.

말들을 마구간에 넣은 뒤, 우리는 여관 주인에게 온천에서 목욕을 할 수 있는지 물었다. 그러자 주인은 고개를 깊이 숙여 죄송하다고 하더니, 절벽에서 바윗덩어리 하나가 굴러떨어지는 바람에 내일 오후까지 온천 이용이 불가능하다고 했다. 나는 너무도 유감스럽다고 말하며 우리도 강에서 사고를 당했다고 말했지만, 여관 주인이 진심 어린 사과와 함께 해줄 수 있었던 건 뜨거운 물이 담긴 양동이 몇 개를 우리 방으로 가져다주는 것뿐이었다. 히로코가 난리를 피울 줄 알았는데—사실 다른 때 같았으면 그는 그저 여관 주인의 태도가 불량하다는 이유로, 혹은 절할 때 고개를 깊이 숙이지 않았다는 이유로 공격했을 것이다—놀랍게도 그는 어깨를 으쓱하고는 이렇게 말할 뿐이었다. "바윗덩어리가 저쪽에는 안 떨어졌죠?" 히로코는 유곽을 가리키고 있었다.

"그렇습죠." 여관 주인이 우리의 시선을 피하며 말했다.

그는 사과에 더해 차가운 사케를 조금 가져왔다. 히로코는 그 술을 진작 다 마셔버렸고, 그러는 동안 나는 계속 그 조선인이 어디 있을지 궁금해하고 있다. 나는 가슴께를 긁는다. 아이는 히로코처럼, 하지만 물론 술에는 취하지 않은 상태로, 자기 요 위에서 막 잠들려 하고 있다. 잘라낸 내 기모노가 그 애의 몸을 헐렁하게 감싸고 있다. 내가 털어내주지 못한 마른 진흙이 그 애의 발목에 태어났을 때부터 나 있던 점처럼 붙어 있다.

"우리, 그 사람도 데려왔어야 했을까요?" 아이가 반쯤 꿈결처럼 말한다. 그 애가 시신 이야기를 하고 있다는 생각이 들지만, 다음 순간 그게 아닐 수도 있다는 생각이 든다. "내 화살." 아이는 그렇게 말하더니 더는 아무 말도 하지 않는다. 그 애의 목숨을 구해준 그 화살들은 너무 심하게 휘어 이제는 쓸모가 없어져버렸다.

나는 히로코에게 아이를 잘 지켜보라고, 무엇 때문에 일정이 지체되는지 알아보고 오겠다고 말한다. 히로코는 단도를 들어 올려 허공에서 빙빙 돌리는 것으로 대답한다.

나는 밖으로 걸어 나간다. 오후의 날씨는 한결 나아져 있다. 공기 중에 한기가 감돈다. 저 멀리 한 무더기의 언덕 너머로 후지산이 조그맣게 보인다. 산꼭대기에는 눈이 덮여 있다. 내 눈에는 주위를 둘러싼 낡아빠진 건물들, 수리가 절실히 필요해 보이는 건물들보다 이런 풍경이 더 잘 들어온다. 어떤 면에서는 좋은 역참보다 이곳에 있는 게 나은 것 같다. 좋은 역참은 훨씬 더 분주할 테고, 사람들이나 다른 영주들도 많을 테니 말이다. 조선인 소년이나 우리가 기다리고 있는 조선인 남자가 그들의 눈에 띄면 호기심이든 차별이든 불러일으킬 게 뻔하다.

나는 궁금해진다. 조선인 사절단의 일원으로 이 땅에 와 여러 도시에서 학자들과 예술가들을 만난다는 건 어떤 일일까. 그들은 서로에게 진정으로 무엇을 느낄까. 그런 방문에, 그들이 여기서 보내는 나날들에 숨어 있는 진짜 동기는 무엇일까. 나는 궁금해진다. 그들의 방문을 부추기는 건 혹시 조롱이나 증오는 아닐까. 십 년이라는 세월은 전쟁을 잊기에 충분한가. 아니, 어쩌면 전쟁은 이 일과는 아무 관련도 없을지도 모른다. 어쩌면 우리는 언제까지고 그저 서로를 불신하게 될지도 모른다.

나는 물속에 잠긴 채 우리를 올려다보던 아이를, 내게는 공허해 보이던 그 두 눈을 다시금 떠올린다. 그러다가 개를 데리고 있는 한 노인을 멈춰 세우고는, 혹시 에도에서 온 손님이 이리로 온다는 소식을 듣지 못했는지 묻는다.

"아직은 어려울 겁니다." 노인이 말한다. "못 들으셨는지요? 강물이 넘쳐서 에도 근방까지 밀려갔답니다. 기다렸다가 물이 좀 빠져야 건너올 수 있을 겁니다. 분명 내일 쯤에는 그리 될 겁니다."

나는 노인에게 감사하다고 말하고는, 그가 개를 이끌고
사찰을 지나 상인들이 매대를 줄지어 세워둔 곳으로 가는
걸 지켜본다. 잘생긴 개다. 사냥개인 것 같다. 그러자 이
고장이 사냥개를 키워내는 것으로 유명하고, 이 역참에도
그런 사육자들의 매대가 있었다는 생각이 떠오른다.

유미가 계속 개를 기르고 싶어했다는 생각도 떠오른다.
주군의 자제는 절대 구해다주지 않았지만 말이다. "네가
바로 강아지란다, 꼬마야." 그는 언제나 그렇게 말하며 유
미를 쓰다듬곤 했고, 그런 다음엔 유미의 엉덩이를 토닥
이며 화살을 메겨 탁자 위의 사과를 쏘아보라고 말하곤 했
다. 그러면 유미는 언제나 사과 정중앙을 맞혔고, 그 과일
이 소리를 내며 요동치는 광경을 보면 나까지도 자부심으
로 조금 더 자세를 바로하고 서 있게 되었다.

이런 재능은 어디서 오는 걸까? 그동안 내가 가르칠 수
있는 것을 가르쳐왔지만, 그 애의 솜씨는 전쟁 한복판에
있는 궁수 열두 명보다도 뛰어나다. 앞으로 그 애를 돌봐
주게 될 사람은 이 점이 마음에 들까? 아니면 오히려 정이
떨어질까? 다른 생에서 그 애는 전사였고 나는 그 애에게
희생된 사람이었던 걸까?

개들이 있는 매대는 아직 이곳에 있다. 역참의 상태가
좋지 않은데도 사육자들은 계속 찾아오고, 사람들도 개들
을 사 가는 것 같아 안심이 된다. 지금도 한 남자가 개를
사려는 것 같다. 남자는 내가 조금 전에 이야기를 나눴던
사육자와 대화하고 있다. 그러면서 우리 안의 강아지들을
들여다보기도 하고, 사육자 옆에 온순하게 엎드리거나 앉
아 있는 나이 든 개들을 쳐다보기도 한다.

바로 그 옆 매대에서는 한 무더기의 족자와 우산, 여러
줄로 놓인 휴대용 의자, 그리고 물이나 사케, 간장을 나르
는 데 쓰는 나무 양동이를 팔고 있다. 또 다른 매대에서는
붓과 각등, 다시마를 팔고 있다. 우리 주군과 함께 왔더라
면, 주군은 역참마다 들러 이런 물건을 잔뜩 샀을 것이고,
나중에 에도 사람들에게, 혹은 고향에서 기다리는 사람들
에게 선물로 주었을 것이다.

나는 주군이 그랬을 것처럼 매대들을 훑어보며 야트막
한 언덕을 올라갔다가 다시 내려온다. 여관에 묵고 있는
사람들이 더 많이 나타난다. 대부분은 그저 매대를 훑어보
기만 하고 사찰로 발걸음을 옮긴다. 저 아래쪽에 보이는
제복을 입은 사람은 역참의 관리인 것 같다. 그는 두 남자

에게 계속 마당을 쓸라고 지시하고 있다.

나는 아이가 여벌 옷으로 입을 만한 게 있나 찾아보지만, 줄에 매달린 게다들밖에 눈에 띄지 않는다. 게다들의 나무 바닥이 풍경처럼 바람에 흔들리며 딱딱 부딪힌다. 칼 코등이들이 매대에 진열돼 있다. 나는 못 참고 그것들을 자세히 들여다보지만, 물건들이 별로다. 그러다 벽에 걸린 화살들과 맞닥뜨린다. 이 화살들은 우리가 유미에게 만들어준 것들보다 기다란 성인용이지만, 그럼에도 나는 여섯 대를 산다.

상인이 만족스러운 듯 미소 짓는다. "평화를 찾을 여섯 번의 기회가 되시길 바랍니다." 그는 내게 말한 다음 절을 한다.

나도 그에게 절을 한다. 사냥개가 있는 매대들을 지나는데, 내가 주인이 되어줄 거라고 생각했는지 한 마리가 앞으로 걸어 나온다. 나는 그 짐승의 부드러운 두 귀를 문질러주고, 녀석의 깊은 두 눈을 잠시 들여다보다가, 노인에게 절을 하고는 계속 걸어간다.

여관으로 돌아온 나는 히로코에게 강물이 범람해 조선인이 늦어지고 있다고 설명하고, 좀 더 기다려야 할 것 같

다고 말해준다. 히로코가 빈 사케 병으로 손을 뻗기에, 나
는 그가 비틀거리며 유곽으로 걸어갈 수 있게 보내준다.
저녁이 다 된 시간이고, 아이는 깊이 잠들어 있다. 나는
그 애의 어린이용 활 옆에 화살들을 놓아준 다음 숲속에서
찾아낸 개미취를 삶는다. 히로코가 여기 없어서 다행이다.
있었더라면 우리가 전쟁 때 살아남기 위해 먹었던 이 풀을
내가 좋아하게 되었다고 놀렸을 게 틀림없으니 말이다. 주
군의 요리사가 우리를 위해 몰래 담아준 가지 절임과 수박
절임 한 상자도 가져왔다. 나는 그것들로 가벼운 식사를
하고, 아이가 깨어날 때를 위해 조금 남겨둔다. 음식을 먹
고 뜨거운 술을 마시면서 아이의 숨소리를 들으니 여행의
피로와 오늘 하루 느꼈던 흥분이 밀려온다.

　이제 아이의 머리칼은 말라 있다. 그 애의 얼굴이 고통
스러운 듯 일그러진다. 나는 깨울까 하다가 그만둔다. 눈
꺼풀 밑에서 두 눈알이 빠르게 움직이는 걸 지켜본다. 또
다시 물에 빠지는 꿈을 꾸고 있는 걸까? 이 아이는 히로코
와 내가 주저하는 걸, 우리 사이에 무언가가 스쳐가는 걸
본 걸까?

　아니면 고향 꿈을 꾸는 걸까? 어머니 꿈을? 아기 때 본

어머니가 기억날까? 기억이 난다면 어머니의 체취일까, 심장박동일까? 나는 유미가 이 모든 것을 어떻게 생각하는지 한 번도 물어본 적이 없다. 이번 주에 하게 된 여행이나 주군의 결정뿐 아니라 다른 모든 것에 대해서도 그렇다. 이 모든 세월. 시작되기도 전이었던 첫 번째 삶을 우리가 빼앗아버리는 바람에 대신 주어진 이 삶. 이 아이는 지금껏 나를 순순히 따라왔다. 언제나 그래왔기에.

내 요는 그 애의 요 가까이 놓여 있어서 손을 뻗으면 그 애의 발목, 마른 진흙이 붙어 있는 곳에 닿을 것 같다. 나는 손을 뻗는다. 그곳을 붙잡자, 내가 앞으로 이 아이의 발목 감촉을 기억하게 될지, 그리고 또 이 아이의 무엇을 기억하게 될지 궁금해진다. 그때 밖에서 발소리가 들린다. 게다의 나무 바닥이 또각또각 울린다. 말들이 내는 소리도 들린다. 사람들이 강을 건널 수 있을지에 관해 대화를 나누고 있다. 다가오는 봄에 에도에서 열릴 축제 이야기, 이 역참이 한 해 더 버텨낼 수 있을지 모르겠다는 이야기, 더 좋은 역참이 이 고장에 지어지고 있다는 이야기가 이어진다.

눈꺼풀이 무거워진다. 손을 들어 올려 들판에 나타난

개 한 마리를 쓰다듬던 가쿠에의 기억이 떠오른다. 우리가 가족들로부터 숨어 그곳에 누워서 웃고 있을 때였다. 잔뜩 들뜬 개는 우리의 온몸에 코를 들이밀고 냄새를 맡았다. 꼬리를 깃발처럼 흔들며, 가쿠에의 가슴 위에 올려놓은 앞발을 두 개의 이파리처럼 쫙 벌리고.

4

다음 날 아침, 깨어보니 나는 혼자다. 히로코의 요는 여전히 둘둘 말려 벽에 기대세워져 있다. 유미의 요는 내 요 옆에 펴져 있다. 아이의 활과 새 화살들, 그리고 짐은 사라졌다. 방 안에서 우리의 체취와 개미취 내음이 난다. 나는 탁해진 물을 얼굴과 겨드랑이에 몇 번 끼얹고, 재빨리 옷을 입고는, 칼을 움켜쥔다.

햇빛이 사방으로 쏟아진다. 내 입에서 뿌연 입김이 나오는 게 보인다. 역참에서 뻗어나간 길들은 밤사이 촉촉하게 젖어 있다. 길 건너 행인들을 힐끗 보지만 아이는 보이지 않는다. 나는 언덕을 훑어본다. 아이처럼 생각하려고 애를 쓴다. 나라면 어떻게 했을지 생각해본다. 그러다 깨닫는다. 강으로 돌아갔을 것이다. 아마도 물에 빠졌던 일 때문이 아니라 더 가면 있는 시신 때문일 것이다.

몇 년 전, 유미는 틈만 나면 도망치곤 했다. 우리는 그 애를 쫓아가야 했다. 한번은 성벽 바깥 배수구의 움푹 파인 곳에 몸을 둥글게 웅크리고 있는 그 애를 찾아낸 적도 있었다. 그때 내가 손을 뻗으려 하자 그 애는 어제 강둑에서 그랬던 것처럼 비명을 질러댔다. 그래서 나는 맞은편에 앉아 몇 시간이나 이야기를 하며 그 애가 잠들 때까지 기다렸다. 뭐라고 말했는지 지금은 기억나지 않고, 오직 그 애를 도로 데려왔다는 것만 기억나지만 말이다. 그때 한 걸음 한 걸음 걸을 때마다 나는 이 아이를 도로 데려갈 필요는 전혀 없다고, 내가 왜 이러고 있는지 모르겠다고 생각했다. 하지만 생각이 그 이상으로 나아가는 법은 없었다.

나는 서둘러 마구간으로 가다가 발을 멈춘다. 주변을 둘러보니, 찻집 정원의 나무 마루에 밀짚모자를 쓴 두 남자가 쟁반을 사이에 두고 앉아 있다. 그들의 맞은편에 유미가 앉아 있다. 그 애의 활과 화살과 짐은 무릎 옆에 놓여 있다.

나는 두 남자에게서 눈을 떼지 않은 채 뒤쪽으로 들어간다. 그들은 새 기모노를 입고 있다. 나이 든 쪽 남자가 소매를 잡아당기는 모양새를 보니 그들은 이 근처 출신은 아니다. 정원은 고요하다. 나는 칼자루를 움켜쥐고 돌로 된 길을 걸어 내려간다. 작은 제단과 새장 속의 새들을 지나친다. 그러다 유미가 나를 알아채고 달려온다.

"도시오 님! 저한테 화살을 사주셨네요!"

아이는 내가 줄여준 기모노를 그대로 입고 있다. 그 애는 내 손을 잡더니 두 남자에게로 이끌고 간다. 그 애가 그렇게 큰 소리로 말하는 건 너무도 오랜만이다.

"도시오 님," 아이가 말을 잇는다. "이분들이에요. 제가 태어난 나라로 저를 다시 데려가주시려고 오셨대요. 제가 진짜 제 언어를 쓰고 있지 않다면서, 모든 걸 처음부터 다시 배우게 될 거래요. 정말인가요?"

나는 충격을 받는다. 아이의 목소리가 너무도 또렷하고, 한 문장이 넘는 말을 하고 있어서다. 그 충격과 그 애를 찾아낸 안도감 속에서, 나는 그 애의 질문이 뜻하는 바를 온전히 이해하지 못한다. 우리 주군은 정녕 이 아이에게 우리가 왜 여행을 떠나는지 말해주지 않았단 말인가? 그럴 리가 없을 텐데. 설령 그렇다 해도, 히로코와 내가 분명 여행하는 도중 언젠가 유미 앞에서 우리 임무에 관해 이야기를 했을 텐데. 분명 내가, 아니면 히로코가, 아이에게 그 이야기를 직접 했을 것이다. 그런데도 지금 내 머릿속에는 그런 기억이 전혀 떠오르지 않는다. 나는 그 시신을 발견했을 때 히로코가 했던 말을 떠올려보지만, 그 말을 유미가 알아들었는지도 지금은 기억나지 않는다. 나는 앞으로 걸어 나가 남자들 쪽으로 몸을 조금 기울이고는, 입을 다물라고 말한다. 이 모든 걸 유미에게 설명할 사람은 나라고. 그러자 왼쪽에 있던 남자가 일어나 내게 다가온다.

내가 저지하거나 칼을 뽑기도 전에, 남자는 깊이 숙여 절을 하며 말한다. "도시오 님, 부탁드립니다." 그러더니 그들에게서 조금 떨어진 정원 길을 향해 손짓을 한다. "저 두 사람이 서로를 알아가도록 그냥 두어주십시오."

조선인인 그 남자는 나와 비슷한 나이로 보이고, 완벽한 일본어를 구사한다. 짐작건대 나이 든 남자—우리가 기다려온 사절—의 수행원인 것 같다. 나는 최대한 알아

122

채지 못하게 그의 겉옷을 훑어보며 무기가 있는지 찾는다. 만약 있다면 아주 잘 숨기고 있는 것 같다.

나는 아직 칼자루에서 손을 떼지 않고 있다. 뒤를 돌아본다. 유미는 이제 나이 든 조선인과 차를 나눠 마시고 있다. 그들의 어깨 위로 희미하게 피어오른 김이 아침 공기 속으로 흩어진다.

"부디 심려치 말아 주십시오." 수행원은 그렇게 말하고 한 번 더 깊이 숙여 절을 한다. 그는 자신을 소개하지도, 자신이 내 이름을 어떻게 아는지 밝히지도 않았다. 유미가 그에게 말해준 게 분명해 보인다. 다른 때 같았으면 주제넘은 무례함으로 치부했을 테지만, 나는 지금은 인내심을 발휘해야 한다는 걸 안다. 아이를 이 사람들에게 무사히 넘겨주겠다고 주군에게 약속했기 때문이다.

나는 수행원과 함께 걸어가기 시작한다. 그는 나를 정원 밖으로 데리고 나가더니 다시 매대들 쪽으로 언덕을 올라간다.

"그 아이 말입니다." 수행원이 말한다. "유미. 그렇게 부르시는 게 맞는지요? 사랑스러운 이름입니다. 조선 말로는 '아름다움'을 뜻하기도 하고, 여자아이들한테 흔한 이름이에요." 수행원이 가볍게 웃는다. 나는 아무 말도 하지 않는다. 그가 이야기를 계속한다. "훌륭한 아이더군요. 네, 정말 훌륭한 아입니다. 잘 키워주셨습니다. 물론 제 말은, 도시오 님께서 직접 키워주셨다는 이야기는 아닙니다. 죄송합니다. 도시오 님께서는 전쟁에 참전하셨지요? 물론 그러셨겠지요. 보면 알 수 있습니다. 당신들이 얼마나 두려웠는지 모릅니다. 지금 우리 둘을 보십시오. 우리 둘 다 옛날에는 군인이었지 않습니까? 우린 여기서 뭘 하고 있는 걸까요? 저는 이번이 세 번째로 일본에 오는 겁니다. 아이들이 있습니다. 아내도 있고요. 하지만 일 년 넘게 보지 못했습니다. 나이 드신 분들과 여행을 하느라고요. 아주 많은 분이 갖가지 이유로 차례차례 이곳에 오셨습니다. 마치 우리가, 조선과 일본이 갑자기 친구가 되기라도 한 것처럼 말입니다."

수행원이 다시 웃는다. 그는 한 번도 나를 쳐다보지 않은 채 내 가까이에서 걷고 있다. 내가 칼을 뽑으려 한다면 내 팔을 제압할 수 있을 만큼 가까운 거리다. 우리는 어느새 매대들 앞에 도착해 있다. 바로 그때, 옆에서 나이 든 사육자가 나타난다. 그 옆에는 전날 내게 다가왔던 개가 목줄에 묶여 있다. 사육자는 절을 하더니 목줄을 수행원에게 건넨다.

"충성스러운 놈입니다. 훌륭한 사냥개가 될 겁니다. 부디 행운을 빕니다."

사육자가 물러나더니 찻집 쪽으로 향해 간다. 수행원이 내 주위에 어떤 영역을 그려놓고 있었든, 그 짐승의 생기 덕분에 우리는 둘 다 그 영역에서 멀어진다. 나는 무릎을 꿇고 개에게 조선 말로 무언가 상냥하게 말을 거는 수행원을 슬쩍 훔쳐본다. 몇몇 여행자들이 그를 빤히 쳐다보지만, 아무 말도 하지 않는다.

"아이가 개를 좋아할 것 같았습니다." 수행원이 말한다. "새 환경에 적응하는 데 도움이 될 겁니다. 이 개들은 견줄 만한 개가 없습니다. 심지어 조선에서도요. 저도 알 정도지요."

"개를 갖고 싶어하지 않을 수도 있지요." 나는 말한다. 수행원이 나를 힐끗 올려다보는 걸 보니 내가 너무 성급하게 말한 모양이다.

"그럼 제가 키우면 됩니다." 그가 말한다.

그가 나를 계속 바라보는 게 느껴지자 내 안에서 또다시 뜨거운 것이 솟구친다. 나는 몸을 돌려 다시 찻집 쪽을 내려다본다. 거기서는 나이 든 조선인이 두 손으로 손짓을 하고 두루마리에 무언가를 그려가며 유미에게 열심히 이야기를 하고 있다.

"우린 저 아이가 조선 말을 모른다는 걸 신경 쓰고 있습니다." 수행원이 말한다. "저기 있는 저 사람. 저 아이를 데려갈 사람 말입니다. 필경사입니다. 일본어랑 몇 가지 다른 언어를 구사할 줄 압니다. 저 사람이 아이를 가르칠 겁니다."

"유미는 저 사람하고 계속 함께 지내게 되는 겁니까?" 내가 묻는다. "다른 사람하고는 같이 지내지 않고요?"

수행원은 자리에서 일어나 바지에서 먼지를 털며 어깨를 으쓱한다. "제가 아는 건 그냥 이 정도입니다. 저 필경사가 아들을 원했습니다. 두 사람은 여행을 하게 될 겁니다. 필경사가 할 수 있는 한 오래도록, 온갖 곳으로요. 만주. 러시아. 이곳. 그리고 조선. 두 사람은 그렇게 살아갈 겁니다."

나는 아이가 하게 될 여행들을 상상해본다. 그 애가 계속하게 될 모험들을. 그 애가 더 이상 소년이 아니게 된 미래에 내가 정말로 그 애를 다시 보게 될 가능성을. 어쩌면 역참을 거쳐가다가, 아니면 에도 어딘가에서. 그런 상상을 하는 동안 해는 역참 위에 머물러 있는 것처럼 보인다. 산들바람이 살며시 불어온다. 나는 눈을 감고 고개를 그쪽으로 기울인다.

"전투가 그리우신가요?" 내 입에서 아무 생각 없이 그 말이 그냥 튀어나온다.

우리가 정원 쪽으로 다시 걸어 내려가는 동안, 남자는 목줄을 조금씩 당기며 그 질문에 대해 곰곰이 생각한다. 하지만 대답은 하지 않는다. 대신에 이렇게 말한다. "도시오 님의 영주님의 며느님 되시는 분 말입니다. 상중에 계신 분이요. 그런 소식을 듣게 되어 유감이었습니다. 그럼에도 그분은 어느 날 밤 우리를 극장에 데려가주셨습니다. 꼭 가자고 고집하셨지요. 우리와 함께 앉아, 우리가 대사를 알아듣고 있는데도 모든 대사를 통역해주셨습니다. 한마디도 빠뜨리지 않고요. 정말 놀라웠습니다. 그 연극은 더 이상 목수가 아니게 된 목수에 관한 이야기였습니다. 그 사람은 너무도 오랫동안 오직 집 짓는 일만 하고 살아온 나머지, 그 일이 더 이상 자신의 일부가 아니게 되자 자신이 누구인지 모르게 되어버립니다. 그래서 여행을 떠나지요. 온갖 곳으로 여행을 하며 자신에게 또 다른 삶을 짓는 방법을 가르쳐줄 사람들을 찾습니다. 그저 계속 떠나고 또 떠납니다. 연극은 그렇게 끝납니다. 그 사람이 떠나고 또 떠나는 장면으로요. 그건 그렇고, 그분의 존함이 어떻게 되시지요? 죄송하지만 기억이 나지 않아서요. 도시오 님의 영주님의 며느님 되시는 분 말입니다. 상중에 계신 분이요."

나는 수행원이 이 이야기를 들려주는 동안 내가 숨을 죽이고 있었다는 걸 깨닫는다. 나는 너무나도 대답을 하고 싶다. 그리고 그 사람은 어떻게 지내고 있느냐고 묻고 싶다. 우리가 찻집 정원에 들어설 때, 나는 하마터면 그럴 뻔한다. 어제 꾸었던 꿈을 기억해내려 애를 쓴다. 하지만 그 순간, 무슨 일이 일어나고 있는지 이해하기도 전에, 소리가 들린다. 히로코가 노랫소리라고 부르던 익숙한 소리. 화살이 허공을 가르는 소리다. 그 기세가 너무도 빠르고 강력해서, 화살이 개의 옆구리를 파고드는 순간 개는 공중으로 솟구쳐 멀리 내팽개쳐지고, 목줄은 팽팽해지고, 수행원은 땅으로 홱 잡아당겨진다. 수행원이 소리를 지른다. 개는 한 번 길게 울부짖더니 낑낑거리기 시작한다. 화살에 꽂혀 땅을 밟지도 못한 채 네 다리를 공중에 맹렬하게 차내고, 입으로는 허공을 물어뜯으면서. 개의 목에는 벌써 침이 흘러내리고 있다. 나는 제자리에서 빙 돌며 상황을 살핀다. 보이는 거라곤 모자를 벗고 놀란 얼굴로 일어서 있는 필경사와 찻집에 있던, 숨도 못 쉬고 지켜보고 있는 몇몇 사람뿐이다. 그때 사육자가 허겁지겁 달려온다. 그가 길 위에서 발이 걸려 넘어질 뻔하자, 히로코가 그를 붙잡아 부축한다. 히로코는 무슨 일인지 정확히는 몰라도 어느 정도는 상황을 파악한 얼굴이다.

나는 낑낑거리는 개를 외면하려 하지만 그럴 수가 없다. 칼을 뽑은 다음 무릎으로 개의 몸을 눌러 땅으로 내린다. 화살에 꿰뚫린 개는 이빨을 드러내고 그 눈으로, 어제부터 나를 기억하는 빛이 역력한 그 눈으로, 나를 올려다본다. 내가 개의 심장을 찌르자 모든 것은 끝난다.

나는 수행원이 괜찮은지 확인한다. 그의 모자를 집어들고 그를 일으켜준다. 모두가 그를 보고 있다. 그는 개를 돌아본다.

"우리를 맞히려고 한 걸까요?" 그가 말한다.

나는 고개를 젓는다. 내 잘못이라고 설명한다. 내가 그 애에게 전에 쓰던 것과 다른 화살을 주었다고. 아이에게 익숙하지 않은 화살이라고. 무게도 많이 나가고 위력도 세다고. 아이는 아마 필경사에게 좋은 인상을 남기려고 하고 있었을 거라고.

"확실한가요?" 수행원이 묻는다.

"그저 어린아이일 뿐입니다." 내가 말한다. "자기가 왜 여기 오게 됐는지도, 어디로 가게 되는지도 모르는 겁에 질린 아이라고요."

"필경사가 마음을 바꾸기 전에 그 애를 찾아주십시오." 수행원이 날카롭게 말한다. "이 일은 제가 처리하겠습니다."

나는 절을 한다. 그러고는 지켜보는 사람들을 무시하고 서둘러 정원을 나선다. 수행원은 히로코와 사육자를 불러 도움을 청한다.

여전히 내 귓가에는 그 낑낑거리는 소리가 맴돌고 있다.

5

아이는 역참 입구에서 멀지 않은 골목길 벽에 기대서 있
다. 역참의 가장 큰 길에는 표지판 하나가 세워져 있고,
그 옆에는 모래탑이 쌓여 있다. 오늘 얼마 뒤에 어떤 영주
가 도착할 것임을 알려주는 표시들이다. 나는 아이 앞에
무릎을 꿇고 앉는다. 그러고는 말한다. "새 화살을 쓴 거
니? 그 화살이 익숙하지 않았던 거지? 우리를 보지 못했던
거 맞지? 그냥 그 사람한테 네 활 솜씨를 보여주고 있었던
거지?"

아이는 대답하지 않는다.

"네 화살은 빗나가는 법이 없잖니." 나는 말한다.

여전히 아무 말도 없다.

"조금 전에는 내가 한 달 동안 들었던 것보다 더 많은
말을 하더니, 이젠 아무 말도 하지 않는구나."

나는 그 애가 자기 입장을 설명해주기를 간절히 바란다.
다시금 그 뜨거움이 솟아오른다. 이번에는 통제할 수가 없
다. 내 안에 있는 숲속으로 불덩이 하나가 번져가는 것 같
다. 나는 그 애의 두 팔을 붙잡아 흔들기 시작한다.

"이 멍청한 녀석아, 넌 여기 사람이 아니야." 나는 말하며 그 애의 몸을 계속 흔든다.

"모르겠니? 이건 너한테는 기회란 말이다. 우린 네가 고향으로 돌아갈 수 있도록 도우려 하고 있는 거야." 나는 그 애를 계속 흔든다.

"기억이 안 나니? 우리가 널 데려왔잖아. 넌 그 일에 결정권이 없었다. 우린 너를 네 죽은 어머니 품에서 안아 올렸다. 그러고는 마치 짐승을 거두듯 너를 데려와서 씻기고, 먹이고, 옷을 입히고, 사람들한테 잠깐의 웃음과 즐거움을 주겠다고 네가 활을 쏴 사과를 맞히게 만들었지. 우린 널 불쌍하게 여겼다. 우린 네 나라 말을 할 줄도 몰라. 너 역시 네 나라 말을 할 줄 모르고 말이야. 우리가 그걸 너한테서 빼앗은 거야. 넌 우릴 미워해 마땅하다. 왜 우릴 미워하지 않지? 넌 이제 네가 되었어야 했던 그 사람이 될 수 있다. 네가 내내 함께했어야 했던 사람들하고 함께할 수 있단 말이다."

나는 가만히 있는 그 애의 몸을 점점 더 세게 흔든다. 그러다 그 애의 머리가 벽에 부딪히는 소리가 난다. 아이는 얼굴을 일그러뜨리면서 바닥으로 미끄러져 둥그렇게 몸을 웅크린다.

내 두 손이 떨리고 있다. 마치 이제야 잠에서 깨어난 것 같고, 오늘 아침의 다른 일들은 모두 꿈이었던 것만 같다. 나는 그 애를 향해 몸을 기울이고는 머리에 상처가 났는지 살펴보지만, 아이는 괜찮은 것 같다. 나는 칼들을 벗어놓고 벽에 기대앉는다. 그 애의 등이 내 가슴에 닿도록 다리 사이로 끌어당긴다. 몇 번인가 밤에 내가 호위 근무를 서고 있는데, 잠들지 못하고 있던 그 애가 몰래 빠져나와 나를 찾아왔을 때 그랬던 것처럼. 나는 그 애를 끌어안는다. 며칠 동안 씻지 못했지만 놀랍게도 여전히 그 애 특유의 냄새가 날 뿐이라고 나는 생각한다. 나는 그 애의 몸을 내 몸보다 잘 안다. 언제나 그럴 것이다. 십 년이라. 그동안 시간이 전혀 흐르지 않은 것만 같은데.

"그 이야기 말인데," 이제 조용하고 차분해진 목소리로 내가 말한다. "어제 히로코가 너한테 해줬던 이야기. 전사의 해골이랑 그 안에서 자라났다는 나무 이야기. 그건 사실이 아니다. 히로코가 지어낸 이야기야. 사실이 아니야. 히로코는 그런 걸 본 적이 없어."

행인 한 명이 골목길을 걸어 지나가지만 우리를 보지는

못한다.

"그런데, 사실인가요?" 유미가 묻는다. "죽어가고 계시다는 게요?"

잠깐 동안, 나는 유미의 말을 이해하지 못한다. 잠깐 동안, 나는 내가 모르는 나에 관한 어떤 사실을 그 애가 알고 있다고 확신한다. 그러다가 깨닫는다. 이 아이는 우리 모두에 관해 이야기하고 있는 것이다. 무사 계급이 죽어가고 있다는, 아니면 다른 무언가로 변해가고 있다는 이야기를.

"그 사람은 어떤 것 같니?" 내가 묻는다. 그 조선인 필경사 얘기다.

"굉장히 마음에 들어요." 유미가 말한다. "저 때문에 그 개가 죽었나요?"

그 애의 목소리는 겨울 끝자락에 흐르는 강물처럼 힘차고 또렷하다.

"그래." 내가 말한다. "그 개는 죽었어."

그 애가 내 말을 머릿속에서 곰곰이 되새기는 게 느껴진다.

"넌 멋진 삶을 살게 될 거다." 나는 말한다. "멋진 삶을 오래오래 살게 될 거야. 훌륭한 남자가 될 거야. 용감하고

134

명예롭게 살 거란다."

"제가 도시오 님을 다시 뵙게 될까요?" 그 애가 묻는다.

여전히 그 애를 다리 사이에 붙든 채, 나는 그 애의 머리 옆쪽을 톡톡 두드린다.

"나한테 이야기를 하렴." 내가 말한다. "내가 보고 싶으면. 네가 행복할 때도. 겁이 날 때도. 나한테 이야기를 해 주렴."

"저는 겁나지 않아요."

나는 살짝 미소 짓는다.

"그럼 가자꾸나." 나는 말하고 우리의 기모노 매무새를 가다듬는다. 그런 다음 우리는 함께 걸어 정원으로 돌아간다.

6

늦은 오후다. 역참에 오기로 되어 있는 영주는 아직 도착하지 않았다. 하지만 언덕마루 너머 온천은 문을 열었고, 그래서 히로코와 나는 조선인들과 유미에게 작별 인사를 한 뒤 그곳으로 향한다. 또 한 마리 개가 그들을 따라간다. 그들이 말을 모는 동안 유미는 느슨하게 목줄을 잡고 있다. 그들은 에도로 돌아가고 있고, 그곳에서 아이와 새로운 보호자는 그들만의 여행을 시작할 것이다.

나는 그들이 떠나는 광경을 바라보지 않는다. 하지만 우리가 언덕을 올라가는 동안 히로코는 가끔씩 뒤를 돌아본다. 그러면서 내 기분을 풀어주려고 애를 쓴다. 그가 말한다. "도시오 님. 이제 도시오 님을 죽게 만들 수 있는 게 뭔지 알 것 같습니다. 그건 칼이 아니에요. 지루함이죠."

히로코가 웃음을 터뜨린다. 그는 내게 유곽에서의 무용담을 늘어놓기 시작하지만, 나는 듣지 않는다. 골목길에서 내가 한 일에 대해서는, 그 전에는 한 번도 한 적이 없었던 그 행동에 대해서는 히로코에게 말하지 않았다. 말했더라면, 히로코는 어깨를 으쓱하며 그 아이는 그런 일을 겪어도 싸다고 했을 것이다. 완전히 진심은 아니겠지만.

나는 그 수행원을, 그가 내게 했던 말들을 떠올린다. 가쿠에를 떠올린다. 그 모든 것이 갑자기 하나의 돌이 되어 내 목구멍 깊숙이에서 덜그럭거리고 있는 것만 같다. 나는 어떻게 그 돌에 닿을 수 있을지, 그래서 그것을 부숴버릴 수 있을지 알지 못한다. 평생 머릿속에 들어갈 방들을, 그리고 절대 들어가서는 안 될 방들을 지어왔는데, 마치 그 모든 방을 잘못된 방식으로 지어온 것만 같다.

우리는 온천 근처 오두막에 들어가 옷을 벗는다. 얇은 겉옷을 걸치고, 거칠고 차가운 돌들을 발밑에 느끼며 온천으로 향해 간다. 겉옷을 벗어던진 히로코가 몸을 떨며 재빨리 탕으로 걸어 들어간다. 그러고는 수면에 서려 있는 김을 가르며 안쪽으로 더 깊이 들어간다. 벽의 어디가 무너져 내렸던 건지는 몰라도 그 흔적은 깨끗이 치워지고 수리되어 있고, 이렇게 높은 곳, 역참의 이쪽 구석에서 보니 한때는 이 장소 전체가 얼마나 아름다웠을지 알 것 같다. 이 언덕에 아늑하게 파고든 물도, 노두에 걸린 해도, 서려 있는 김도.

나는 그제야 알아차린다. 한 쌍의 남녀가 우리 근처에서 목욕을 하고 있다. 탕 저쪽 끝에 도착한 히로코는 부끄러워하는 기색도 없이 여자의 가슴을 빤히 바라본다. 히로코의 머리는 김 위로 나와 있어서 내가 서 있는 이쪽 둑에서는 마치 잘린 머리가 물에 뜬 채 벌거벗은 여자를 곁눈질하고 있는 것처럼 보인다. 여자는 남편인지 연인인지 모를 사람에게 집중하고 있다.

그때, 놀랍게도 히로코의 표정이 변한다. 그의 마음속에 어떤 욕망이 있었든 그것이 달라진다. 들판을 스치는 새 그림자처럼 빠르게 모습을 바꾼다. 히로코는 두 눈을 감더니 울기 시작한다. 물 밖으로 들어올린 두 손에 고개를 파묻고는 어깨를 들썩이며 운다. 하지만 그리 오래 울지는 않는다. 마음을 추스른 그는 저쪽 둑 위에 머리를 올려놓는다. 입을 살짝 벌리고, 얼굴은 하늘을 향한 채로.

나는 꽃이 아직 피지 않은 나무 곁에 서 있다. 겉옷을 벗고 무릎을 꿇는다. 수면에 서린 김을 밀어내며 왼손으로 물을 조금 떠낸다. 목욕하던 여자가 잠시 움직임을 멈춘다. 엄지손가락 없는 손이 잔 구실을 하기엔 얼마나 쓸모없는지 알아챈 모양이다. 바로 그 순간, 마치 새로운 생각이 떠오르듯 나비 한 마리가 모습을 드러낸다. 내 그림자에 닿을 듯 말 듯 닿지 않는 곳에서 날개를 치며.

Cromer

크
로
머

그들은 뉴몰든의 어느 길모퉁이에서 함께 가게를 운영했다. 그 가게에서는 서울에서 발행되는 가십 위주의 잡지와 신문을 살 수 있었다. 그러다 사람들이 모두 스마트폰을 사용하게 되자, 가게는 스마트폰 케이스를 파는 곳이 되었다. 귀여운 고양이와 젖소와 하마 모양의 케이스였다. 중성펜도 있었다. 학생들은 몇 가지 색깔의 펜을 고르며 탄산음료를 사거나, 날이 더워지면 빙수기 앞에서 차례를 기다렸다. 해리가 아내를 설득해 들여놓은 빙수기였다. 해리가 처음에 원했던 건 핀볼 기계였지만, 그레이스는 그건 터무니없는 생각이라고 말했다. 요즘 대체 어떤 아이가 핀볼 게임을 한단 말인가?

해리는 아이들을 전혀 꺼리지 않았다. 아이들은 그들이 어느 날 잠에서 깨어보니 사십 대 중반이 되어 있었다는 사실을 잊는 데 도움이 되었다. 하지만 그레이스는 아이들이 들어올 때마다 가게 안쪽으로 들어가버렸다. 아이들의 목소리가 자기 귀에는 문서 세단기 소리처럼 들리는 데다, 그 애들이 상자에 든 무언가를 집어 들었다가 꼭 다른 데 놔두고 가기 때문이라고 했다. 하지만 해리는 진짜 이유를 알고 있었다. 몇 년 전, 그레이스가 펜을 정리하고 있는데 한 아이가 계산대로 다가왔다. 그 애는 그들이 정말로 북한 사람인지, 북한은 어떤 곳인지, 그들에게 뭔가 건강상의 문제나 충치가 있는지, 사실은 남매 사이나 뭐 그런 건지 물었다. 그 일 때문이었다.

아마도 저녁 식사 자리에서나 가게를 지나가면서 아이들의 부모 중 누군가가 그들에 관해 말을 꺼냈을 테고, 아이들은 어쩌다 그걸 듣게 되었을 것이다. 이런 일은 수년 동안 몇 번이나 반복되었고, 아마도 그들이 죽을 때까지 계속될 것이었다.

해리와 그레이스는 엄밀히 말하면 북한 사람이 아니었다. 그들의 아버지들은 1970년대 초반에 함께 탈북했고,

한 달 뒤 여기 런던 남서부의 대규모 한인 공동체에 보금 자리를 찾아냈다. 공동체는 수십 년이 지나며 점점 커져갔다. 그레이스의 아버지는 배달 트럭 기사가 되었고, 해리의 아버지는 가정 및 정원 용품점에서 일했다. 해리와 그레이스는 나중에 식물들과 꽃들의 이름을 익히려고 애쓰며 가게의 온실을 돌아다니곤 했다. 북한을 탈출한 두 명의 남자에 관한 소문이 있었다 한들, 계절이 바뀌고 세월이 흐르면서 점점 더 많은 탈북자가 뉴몰든을 찾아왔기에 둘에게 집중돼 있던 관심은 희미해졌다. 그들의 아버지들은 둘 다 남한 출신 여자를 만나 결혼했고, 아이들을 낳았다. 그레이스가 해리보다 한 살 많았다.

그들은 평생 서로를 알고 지내왔고, 결혼은 자연스러운 수순이었지만 실제로 결혼할 때까지 그 가능성에 관해 이야기한 적은 없었다. 어린 시절 그들은 서로의 집에서 자고 갔고, 두 어머니는 그들에게 음식을 만들어주었다. 그들은 함께 학교에 다니며 텔레비전에서 무엇을 볼지, 누가 자전거 페달을 밟고 누가 뒷자리에 앉을지를 두고 다퉜다. 좀 더 나이가 들자 그들은 누가 상대방의 담배를 훔쳐 갔는지를 두고 서로의 배를 쿡쿡 찔렀고, 공원에 가서 담배를 피우고 소설에 나오는 형편없는 섹스 장면들을 서로에게 읽어주었다. 그들은 몰래 웸블리 경기장에 가서 프레디 머큐리 헌정 콘서트를 보았고, 거기서 애니 레녹스가 입을 열어 노래를 부르자 그레이스는 숨이 턱 막힌다는 게 무슨 뜻인지 알게 되었다. 세월이 흐르면서 그들은 한국어를 연습했는데, 몇몇 단어와 표현을 잊어버리기 시작했기 때문이었다. 또 아버지들이 이전의 삶에 대해 한 번도 이야기해주지 않았기 때문에 아버지들의 어린 시절이 점점 더 궁금해지기도 했다.

어느 해 겨울, 해리와 그레이스가 있던 곳에서 두 블록 떨어진 장소에서 IRA*의 폭탄이 터졌다. 폭발의 위력은 대단했다. 그 정도 거리에서도 그레이스를 해리의 품으로 살짝 날려보낼 정도였다. 그레이스는 마치 바람에 실린 낙하산 같았다. 해리는 그 순간 내내 흐르던 침묵을 기억했다. 붕 떠 있는 듯한 기묘하고 부드러운 침묵이었다. 풍선처럼 부풀어 오르던 그레이스의 빨간 코트. 그다음엔 눈이

* 20세기 초 아일랜드 독립전쟁 중에 영국의 아일랜드 식민 지배에 반대하며 결성된 아일랜드공화국군.

내렸는데, 사실은 눈이 아니라 폭발로 흩어진 벽돌 가루였다. 그레이스는 어느새 해리의 품에 안겨 있었다. 나중에 그레이스는 그 품이 자신이 상상할 수 있는 가장 안전한 장소라고 해리에게 말했다.

해리는 그들 두 사람만의 인생의 지도가 펼쳐지는 걸 보았다. 언제나 그래왔다. 그 지도는 그들이 수십 년의 세월을 뚫고 나아가며 가게를 성공으로 이끌게 해주었다. 그가 예상하지 못했던 건 그들이 이 년이라는 짧은 기간 동안 부모님 네 분 중 세 분을 잃게 되리라는 것이었다. 해리의 아버지는 뇌동맥류로, 어머니는 암으로 세상을 떠났다. 그레이스의 아버지는 심장 질환으로 돌아가셨다. 어쩌면 친구였던 해리 아버지를 잃고 나서 상심한 끝에 그렇게 되었는지도 몰랐다.

그러자 그레이스의 어머니는 뉴몰든과 자신의 인연은 끝났다고 결론을 내렸다. 그레이스와 해리는 그레이스의 어머니가 그곳에서 안정감을 느끼지 못하고 살아왔다는 사실조차 모르고 있었다. 그레이스의 어머니는 사촌이 사는 애리조나로 거의 아무것도 챙기지 않고 이사를 갔다.

해리는 미신을 믿는 사람이 아니었고, 그런 면에서 종

교적인 사람도 아니었다. 그분들이 떠나자 그는 그저 비통함을 믿었다. 너무나 깊어서 말문이 막히는 비통함을. 느리고 무거우며 동물적인 그 감정은 그가 절대 벗을 수 없는 코트 같았다. 그 코트는 하루의 빛깔을, 소리를 바꿔놓았다. 매 순간이 아버지를 떠오르게 했다. 화분에 담긴 식물을 안고 걸어 지나가는 여자도. 길모퉁이에서 들려오는 목소리도. 북한에 관한 뉴스 보도도. 해리와 그레이스가 원한다면 가져도 되는 물건을 목록으로 만들어가지고 나타난 그레이스의 어머니도. 그 목록에는 오래된 사진 앨범, 옷가지, 재떨이, 따지 않은 위스키 한 병, 그리고 자전거 한 대가 있었다.

그레이스에게는 말하지 않았지만, 그분이 애리조나로 이사를 간다고 선언했을 때 해리는 안도감에 가까운 감정을 느꼈다. 그레이스의 어머니는 몇 달에 한 번씩 사막 사진이 들어간 엽서를 보내왔고, 그레이스는 금전등록기 옆에 그것을 테이프로 붙여놓았다. 해리는 그 엽서를 대체로 잊고 있다가 다음번 엽서가 왔을 때에야 기억해냈다.

이제 둘만 남고 나니, 해리는 어쩌면 새로운 방식으로 그레이스와 더 친밀해질 수도 있겠다는 생각이 들었다. 그

동안 머릿속에 품고 있던 지도에서 알아보지 못하고 있던 부분을 발견하게 될지도 몰랐다. 그들은 결국 그 코트를 벗어버리고, 함께할 새로운 취미를 찾아내거나, 그곳에서 새 친구들을 사귀거나, 학창 시절 친구들을 더 자주 만나게 될지도 몰랐다. 돈을 좀 모아서 휴가를 떠날 수도 있었다. 짧게라도 어딘가로, 아무도 그들에 관해 아는 게 없는 곳으로, 그들이 익명으로 존재할 수 있는 곳으로 떠나는 것이다.

하지만 가족이 없어지자 그들은 가게 창문 밖의 삶으로부터도, 서로로부터도 더욱 고립되었다. 왜 그렇게 되었는지, 혹은 어쩌다 그렇게 되었는지 누군가가 묻는다 해도 해리는 알지 못했다. 해리는 계산대에서 고개를 들고 오후가 거의 다 지나가버렸음을, 그동안 그레이스가 사라졌더라도 자신은 알아채지 못했을 것임을 깨닫곤 했다. 마치 그즈음의 날들과 그날들을 이루는 모든 시간이 그들을 둘러싸고 고리 모양으로 굳어져버린 것 같았다. 해리는 무언가가 그 경계 밑을 파고들어 모습을 드러내주기를 계속 기다렸다.

그들은 차를 몰고 출근해 가게를 열었고, 문을 닫을 때까지 머무르며 물건들을 팔았고, 배송을 받았고, 바닥을 청소했고, 계산대를 닦았고, 회계장부를 정리했고, 번갈아 가며 안쪽 방에서 점심을 먹었다. 한 달에 몇 번쯤은 취객이나 가게에서 나가려 하지 않는 사람 때문에 경찰을 불러야 했다.

달라진 건 아무것도 없었다. 어느 날 밤 침실에서 해리는 완전히 지친 채 옆으로 돌아누웠고, 곁에 누운 여자가 자신의 가족이라고 할 직접적인 범주 내에 남아 있는 유일한 사람이라는 사실에 또다시 놀랐다. 어쩌면 아이를 갖지 않기로 한 그들의 결정은 잘못된 것이었는지도 몰랐다. 이제 아이를 갖기엔 너무 늦은 걸까?

그레이스는 웃음을 터뜨렸다.

"그렇다고 시도도 못 해볼 건 없잖아." 해리는 그렇게 말하며 그레이스에게 윙크를 했다.

"지금 나한테 윙크한 거야?" 그레이스가 물었다.

그레이스는 온라인에서 뭘 그렇게 항상 보고 있는 걸까? 해리는 자신들의 아버지들이 떠나온 고향을 얼마나 자주 떠올렸을지 궁금했다. 그들은 이곳에서 정말로 행복했을까? 결혼 생활은 만족스러웠을까? 남한 사람들이 정체성을 문제 삼으며 자신들과 아내들에게 하는 말들을 무시할 수 있었을까? 피할 수 없는 드잡이들과, 차에 스프레이로 칠해진 빨갱이라는 단어를 견뎌낼 수 있었을까? 아이를 낳기로 한 결정을 후회한 적은 없었을까? 그리고 죽음의 순간, 그들의 머릿속에는 무엇이 떠올랐을까? 무언가가 떠오르기는 했을까?

"내가 먼저 죽을게." 해리는 여러 번 그렇게 말했고, 그레이스는 언제나 이렇게 대답했다. "그렇게는 안 될 것 같은데."

해리는 중성펜들을 공짜로 나눠주기 시작했고, 아이들의 이름을 모두 기억하려고 애를 썼다. 무슨 소문이 도는지, 아이들이 무엇을 멋지다고 생각하는지, 어떤 영화와 TV 프로그램을 봐야 하는지 기억하려고 애를 썼다.

하지만 아버지의 얼굴은 너무 애를 쓰면 기억나지 않았다. 그 얼굴은 오히려 애쓰지 않을 때만 떠올랐다.

해리는 꽃이 나오는 꿈을 여러 번 꾸었다. 꽃들의 이름이 뭔지는 계속 잊어버렸다. 꿈속에서 그레이스는 어마어마하게 많은 그 꽃들을 넓은 강 건너로 나르고 있었다. 발이 걸려 넘어질 뻔하면서 그레이스는 계속 말했다. "그렇게는 안 될 것 같은데."

*

어느 가을날 밤, 해리가 가게 문을 닫고 있는데 종이 울리며 문이 활짝 열렸다. 해리는 처음에는 그 동네 아이들 중 한 명인 줄 알았다. 아이였으니까. 후드를 뒤집어쓰고 있어서 처음에는 피가 눈에 들어오지 않았다. 그러다 가게 조명 밑에서 아이가 몸을 돌렸다. 그 남자아이는 코를 심하게 얻어맞은 것 같았다. 피가 입술 위로 흘러내리고 있었고, 아이는 그걸 강아지처럼 계속 혀로 핥고 있었다.

해리가 손을 뻗었지만 아이는 몸을 움츠렸다. 해리는 말했다. "괜찮다. 괜찮아. 난 해리야. 여긴 내 가게야." 그는 아이가 알아들을지 궁금해하며 한국어로 말했다. 아이는 알아들었다.

"이름이 뭐니?" 해리가 물었지만 아이는 대답하지 않았다.

"몰라요." 아이는 말했다.

열두 살쯤 되어 보였다. 많아 봐야 열세 살.

"기억이," 아이는 말했다. "기억이 안 나요."

그때 그레이스가 안쪽 방에서 걸어 나왔다. 양동이에 담긴 물을 바깥에 내다 버리고는 대걸레를 들고 있었다. 아이는 얼어붙었고, 해리는 괜찮다고, 이 사람은 자기 아내라고 말하며 아이를 안심시켰다.

그들은 그날 밤 외출해 영화를 보고 저녁을 먹기로 한 터였다. 그들이 오랫동안 하지 않았던 일이었다. 해리는 어느 해 그레이스의 생일에 갔던 초밥집에 예약까지 해두었다. 그곳의 안쪽 구석에는 칸막이와 커튼이 쳐진 자리가 있었는데, 그 자리에 앉으면 그레이스는 유명인이 된 기분을 느낄 것이었다.

바깥은 어두웠고, 가만히 서 있는 세 사람의 모습이 유리창에 비쳤다.

"일단 이것부터 어떻게 해야겠네." 해리가 말했다.

아이는 후드 티셔츠 소매로 코를 닦더니 얼굴을 찡그렸다.

"창가에서 좀 떨어져 있어야겠다." 해리는 그렇게 말하고 다시 한 번 아이의 팔을 향해 손을 뻗었다. 아이는 이번에는 가만히 있었다. 해리는 아이를 데리고 통로를 지나 안쪽 방으로 들어갔다. 그레이스는 여전히 대걸레를 든 채 내내 그들을 쳐다보며 현관문을 잠갔다.

해리는 아이를 자리에 앉혔다. 아이의 코에 손수건을 대고 누른 다음, 고개를 뒤로 젖히라고 했다. 그러고는 뭐든 기억나는 게 있느냐고 물었다. 아이는 고개를 끄덕이더니 해리의 전화기를 가리켰다.

아이는 전화를 걸었다. 전화선 반대편에서 어떤 여자가 수화기를 들더니 신경질적으로 고함을 지르기 시작하는 소리가 해리의 귀에 들려왔다. 아이는 연신 고개를 끄덕이며 기억이 안 난다고 반복해 말했다. 마치 그 여자가 그 자리에 그들과 함께 있기라도 한 것처럼. 아이가 해리에게 여기가 어디냐고 물어서 해리가 대답해주었다. "런던 남서부에 있는 뉴몰든이야." 그런 다음 해리는 가게가 위치한 길모퉁이를 알려주었다. 아이는 모든 것을 그대로 읊은 뒤 전화를 끊고 잠시 가만히 있었다. 그러더니 조금 뒤에 해리를 올려다보며 말했다. 전화를 걸고 여자와 이야기를 하는 동안에는 그 여자가 자기 어머니라고 알고 있었는데, 지금은 모르겠다고.

"어머니가 아니면 누굴까?" 해리가 물었다.

아이는 머리를 문지르더니 다시 고개를 뒤로 젖혔다.

그러고는 이렇게 헷갈리는 건 처음이라고 했다. 기억들이 돌아오고는 있는데 전부 한 걸음씩 떨어져 있는 것 같다고, 자기가 그 기억들에 닿으려고 애쓰는 걸 기억들이 알고 있기라도 한 것처럼 그렇다고 아이는 말했다.

그때 경찰 두 명이 도착했다. 그레이스가 부른 것이었다. 해리는 아이가 도망치려 할 거라고 생각했지만 아이는 그러지 않았다. 아이는 그들을 힐끗 보더니 코를 누른 채 의자에 미끄러지듯 내려앉으며 눈을 감았다.

해리는 아이를 병원에 데려갔다. 아이는 자신이 전화를 걸었던 번호를 해리에게 알려주었고, 해리는 그 여자에게 병원에 간다고 메시지를 남겨놓았다. 그러고는 병원에 가서 세 시간 동안 머무르며 아이에게 계속 말을 시키고, 경찰들의 질문에 대답하고, 그들이 아이에게 하는 질문에 귀를 기울였다.

아이는 코가 부러져 있어서 간호사가 붕대를 감아주었다. 경찰 중 한 명이 아이에게 혹시 차를 타고 있었느냐고 물었다. 코를 다친 걸 보니 자동차 사고일 가능성이 있다고 했다. 머리에 충격을 받아서 부분적으로 기억상실이 생겼을 거라고. 그는 아이에게 차를 운전하고 있었느냐고 물었다.

아이가 유일하게 계속한 말은 "크로머"였다. 아이는 자신이 크로머에 살고 있다고 생각했다.

"바닷가에 있는 거기 말이니?" 해리가 물었다.

경찰이 메모장에 무언가를 적어 넣었다.

크로머는 해리와 그레이스가 신혼여행 때 갔던 곳이었다. 길을 내려가면 있는 한국 식당 주인의 사촌이 그곳의 바닷가 호텔에서 일하고 있어서 숙박비를 할인받을 수 있었다. 그들은 판자가 깔린 해변 산책로를 걷고, 술집들을 찾아다니고, 쇼핑을 하며 몇 시간을 보냈다. 아주 인상적인 곳이었다.

해리는 아이가 어떻게든 그 식당 주인을 아는 게 아닐지, 그래서 결국 뉴몰든까지 오게 된 게 아닐지 궁금해졌다. 그래서 그 남자의 이름을 말해봤지만 아이는 고개를 저었다.

아이 어머니가 도착한 건 그때였다. 여자는 해리의 상상보다 훨씬 젊어서 삼십 대 초반으로 보였고, 아이와 똑같은 후드 티셔츠를 입고 있었다. 여자는 해리에게 다가오더니 말했다. "감사합니다, 감사합니다, 감사합니다." 그러고는 울기 시작했다. 여자에게선 진한 샴푸 냄새가 풍겼다. 여자는 경찰에게 운전 면허증을, 그리고 지갑 속에 든 아이의 사진을 보여주었다.

"크로머에 사시는군요." 여자에게 면허증을 돌려주며 경찰이 말했다.

"10파운드 걸죠." 두 사람의 재회를 지켜보고 있는데 경찰이 해리에게 속삭였다. "아이 아버지가 그랬을 겁니다. 아이를 데려갔다가 술에 취한 거예요. 어디선가 충돌 사고를 낸 거고요. 우선 차를 찾은 다음에 그 남자도 찾아낼 겁니다."

아이는 분명 여자를 알아보기는 했지만 누구인지는 잘 모르는 것 같았다. 그럼에도 아이는 여자와 마주 끌어안았고, 그들은 거대한 조개껍데기처럼 몸을 꼭 붙인 채 한동안 그대로 침대 위에 앉아 있었다.

해리가 가게로 돌아왔을 때는 새벽 한 시가 다 된 시각이었다. 택시 한 대가 거리를 지나갔고, 치마를 입은 두 여자가 엉덩이를 흔들고 야광봉을 빙빙 돌리면서 보도를 걸어 내려갔다.

그레이스는 해리가 나가면서 봤던 자리에 그대로 선 채

대걸레로 바닥을 닦고 있었다. 해리는 그레이스에게 바닥
은 아까 닦지 않았느냐고 말해주었다. 그레이스는 손등으
로 눈을 비비며 하품을 했다. 해리는 영화를 보고 저녁을
먹기로 했던 계획에 대해 무언가 말을 하고 싶었지만, 목
구멍이 따가웠고 몸은 갑자기 감자 부대처럼 무겁게 느껴
졌다. 라디오방송이 광고로 바뀌면서 새소리처럼 빠르게
재잘거리는 말들이 가게를 가득 채웠고, 해리는 손을 뻗어
대걸레에서 그레이스의 손가락을 하나하나 풀어냈다.

*

　그 아이가 누구인지, 그 애에게 정확히 무슨 일이 일어
난 건지 해리는 결국 알아내지 못했다. 정말로 아이 아버
지나 차 사고가 있었는지, 차가 발견되기는 했는지도 알
수 없었다. 그다음 날, 그리고 그 주 내내, 해리는 그 지역
의 사고 뉴스를 온라인에서 찾아보았지만 아무것도 언급
된 게 없었다. 해리는 심지어 커피를 사러 가게에 들른 또
다른 경찰에게 물어보기까지 했다. 무슨 일이 있었는지 설
명하면서. 경찰관은 계산대에서 펜 몇 자루를 집어 들더니

미안하지만 그 일은 자기 담당이 아니라고, 그래도 해리가 모든 일을 제대로 한 것 같긴 하다고 말해주었다.

경찰의 말이 무슨 뜻인지 해리는 알 수 없었다.

인터넷에서 무언가를 찾는 일이라면 그레이스가 좀 더 잘했지만, 그레이스 역시 아무것도 찾아내지 못했다. "잊어버려." 그레이스는 그렇게 말하고는 침대에 누운 채 들여다보고 있던 휴대폰 속 무언가로 다시 시선을 옮겼다.

어쩌면 해리 자신이 최근에 아이들이 좋아하는 TV 프로그램들을 너무 많이 본 건지도 몰랐다. 몸속 어딘가에 풀고 싶은 작은 매듭이 있지만 거기까지 손이 닿지 않는 느낌이었다. 해리는 그 아이의 기억이 돌아왔는지 궁금했다. 아이의 아버지가 아픈지, 마약중독자인지, 혹은 둘 다인지도 궁금했다. 해리가 어렸을 때, 어느 날 한 남자가 아버지에게 다가와 "정신이 제대로 박혀 있는" 거냐고 물은 적이 있었다. 해리의 아버지는 길을 내려가면 있는, 개점을 앞둔 식당에 식물들을 배달하고 있었는데, 상자 하나를 빠뜨렸다. 하지만 남자가 그런 말을 한 건 그 상자 때문이 아니라 아버지가 거의 말을 하지 않아서 사람들이 말 못 하는 사람인지 궁금해했기 때문이었다.

정신이 제대로 박혀 있다는 건 뭘까? 해리는 생각했다.

다음 날 해리는 그레이스에게 가게를 좀 봐달라고 하고
는 그 길을 따라 걸어 그 식당으로 갔다. 식당 주인인 존
은 테이블에 앉아 음식을 포장하고, 젓가락과 냅킨을 비닐
봉지에 담고 있었다. 해리를 보게 되어 놀랐는지는 몰라
도 내색은 하지 않았다. 놀란 건 해리였다. 존의 머리칼이
예전보다 더 희끗희끗해져 있어서였다. 존은 가정 및 정원
용품점에서 멀지 않은 곳에 살았고, 심지어 그들과 함께
프레디 머큐리 헌정 콘서트에도 갔었지만, 그레이스의 어
머니가 애리조나로 떠난 뒤로는 서로 별로 왕래가 없었다.

해리는 그 사촌 이야기를 꺼냈다.

"그 사람, 이제 그 호텔에서 일 안 하는데." 존이 말했다.

존은 자기 사촌이 지난겨울에 계단에서 미끄러져 고관
절을 다쳤다고 했다. 호텔에서 계속 일할 수가 없어서 더
북쪽으로, 요크로 갔다고 했다. "우리도 보낼 수 있는 만
큼 사촌한테 보내고 있어." 존이 말했다.

그는 해리에게 다시 그 호텔에 묵을 생각이냐고 물었지
만, 해리는 이야기를 더 하지 않았다. 대신에 메뉴를 넘겨
보다가 그레이스가 먹을 점심 식사를 주문했다. 그러면서

존이 자신을 쳐다보고 있는 걸 모른 척했다. 해리는 알 수 있었다. 존은 그들이 왜 한동안 식당에 들러 저녁 먹는 일조차 하지 않은 건지 궁금해하고 있었다. 해리는 존이 무언가를 말하기를, 화가 났다거나 속상하다거나 혼란스럽다는 이야기를 하기를 기다렸다. 하지만 존은 그저 미소를 짓고는 계속 음식을 포장할 뿐이었다.

해리는 창가에 앉았다. 그림자들이 그들 사이의 볕이 드는 바닥을 가로질러 지나갔다. 마치 그들이 어렸을 때 가곤 했던 근처 공원의 회전목마처럼. 그 그림자들을 쳐다보고 있자니, 해리는 문득 그곳에 몇 시간 동안 앉아 있었던 것처럼 느껴졌다. 그가 생각한 것보다 시간이 훨씬 많이 지난 느낌이었다.

"피곤해 보이네, 해리." 존이 말했다. "일을 너무 많이 하나 봐."

"괜찮아." 해리가 말했다.

뜨거운 요리 기름 냄새가 주방에서 흘러나왔다. 해리는 몸을 앞으로 기울이고 냅킨 몇 장과 젓가락을 집어 비닐봉지에 담았다.

"지난주 그 남자아이 때문인가?" 존이 물었다.

"그 애, 크로머에서 왔더라고." 해리가 말했다.

"가출한 거라던데." 존이 말했다.

"누가 그래?" 해리는 포장을 마친 음식 세트 몇 개를 존에게 건네며 물었다.

"어딘가 가려다가 기억을 잃는 바람에 못 간 거래." 존이 말했다. "그리고 이제 애초에 왜 도망친 건지, 누구한테서 도망친 건지 전혀 모르는 상태로 집에 돌아가야 한다는 거야." 존은 해리에게서 음식 세트 몇 개를 더 받아 들고는 웃었다. "우리가 웸블리 경기장 앞에 서 있는데, 왜 거기 있는지 알 수가 없어서 그냥 돌아선다고 상상해봐."

"여자분은 괜찮은 사람 같던데." 해리가 말했다. "아이 어머니 말이야. 그 애가 가출했을 것 같지는 않아."

"이봐, 애니 레녹스라고," 존이 말했다. "가슴을 아주 그냥 찢어놓지. 물론 보위도 그렇긴 해. 하지만 정말이지 애니 레녹스하고는 상대가 안 되잖아. 이 팔 좀 봐. 그 생각만 해도 소름이 돋는다고."

해리는 괜히 자기 팔을 긁었다. 그러면서 존이 들었다는 이야기들에 관해 생각했다. 그 어머니가 기억났다. 해리가 보기에도 예뻤던 그 어머니가 자신에게 연신 고맙다고 말하던 모습이.

그때 음식이 나왔다. 해리를 위해 밥이 추가되어 있었다. 존은 그레이스에게 안부를 전해달라고 했다. 그러고는 다음번 빙고를 하는 날 밤에 두 사람 모두 와야 한다고 했고, 해리는 그러겠다고 말하고는 가게로 돌아왔다.

*

그는 그 일이 자신의 기억 속에 계속 남아 있을 거라고 생각했다. 어떤 일들이 그랬던 것처럼. 그의 아버지에게 정신이 제대로 박혀 있는 거냐고 물은 남자나, 건물의 잔해가 눈처럼 내려앉는 동안 그의 팔에 안겨 있던 그레이스나, 한밤의 온실이나, 자동차에 스프레이로 쓰여 있던 글자들처럼. 하지만 사실을 말하자면, 해리의 내면에 붙들려 있던 것이 무엇이든 그것은 시간이 지나면서 빠져나가 사라져버렸다. 해리는 그 소년이나 그의 어머니, 그리고 그날 밤에 대해 생각하지 않게 되었다. 혹은 그 기억이 떠올라도 더 이상 그 첫 주에 그랬듯 오랫동안 생각하지는 않았다.

다른 어떤 소식도 가게에 전해지지 않았고, 누구도, 심지어는 그레이스도 그 일에 대해 두 번 다시 이야기하지 않았다. 가게 일이 바빠서 하루하루는 빠르게 지나갔다. 몇 달 뒤, 대량 주문 한 건에서 사고가 발생했고—배송 트럭이 아예 도착하지 않았다—그들은 그 여파로 한 주 내내 배송을 추적하고, 전화를 걸고, 불만을 터뜨리는 고객들을 상대하며 자금 손해에 맞닥뜨려 완전히 진이 빠져버렸다. 해리는 스트레스가 끓어올라 자신이나 그레이스가 싸움을 걸거나 소리를 지르거나 밖으로 나가버릴 거라고 예상했다. 그게 그들이 늘 스트레스를 처리하는 방식이었으니까.

하지만 그런 일은 일어나지 않았다. 그들은 함께 웃었다. 우유가 없는 건 재앙이라고 했던 어떤 손님을 두고 어이없어하며 함께 눈을 치떴다. 오늘 밤에는 할 일이 없다며 일찍 가게 문을 닫고는 드디어 영화를 보러 갔다. 미국의 소도시에서 온 한 소녀가 대도시로 향하는 내용의 코미디 영화였다.

휴일이 찾아왔다. 선물 포장지, 가위, 어린이용 야광 스티커처럼 평소에는 절대 다 팔리지 않는 물건들이 다 팔린다는 점에서 휴일은 그들에게 언제나 은혜로운 날이었다.
파티를 하는 사람들이 다른 어딘가로 가는 길에 다들 가게
에 들렀다. 12월 31일, 그들은 마을 회관으로 건너가 빙고
를 하고 한국 사극의 새로 나온 시즌을 보았다. 그러다가
존이 다들 왜 그렇게 맥없이 놀고 있느냐고 소리를 지르더
니 댄스파티를 시작했다.

　당연하게도 그들은 퀸의 음악을 틀었다. 해리는 그곳에
서 살짝 취한 채 존에게 보조를 맞추고 있는 그레이스가
아름다워 보인다고 생각했다. 그들 두 사람은 부츠에서 녹
아내린 눈 때문에 생긴 작은 웅덩이들을 피해가며 노래를
따라 불렀다. 해리에게는 지난 수십 년이 전혀 길게 느껴
지지 않았다. 그의 눈에는 어린 시절의 어느 날 밤 온실로
몰래 들어갔던 자신들의 모습이 여전히 보이는 듯했다. 그
때 그레이스는 사람들이 자는 시간에 식물들에게 무슨 일
인가가 일어난다고 확신하고 있었다. 그들은 그곳에서 아
무것도 발견하지 못한 채 방수포를 덮고 잠들어버렸다. 그
리고 한 시간 뒤, 걱정으로 초조해진 해리의 아버지가 그
들을 찾아냈다.

　아버지가 해리를 때린 유일한 순간이 그때였다. "도망

치기만 해봐." 아버지는 무릎을 꿇은 채 그렇게 말하더니, 재빨리 해리를 한 번 더 때렸다. 달빛이 온실 안을 밝게 비추고 있었고, 아버지는 그저 하나의 실루엣으로만 보였다.

이듬해 초에 크로머 이야기를 꺼낸 건 그레이스였다. 그레이스는 계산대 뒤에 앉아 휴대폰으로 여행 사이트를 스크롤하고 있었다. 마침 그레이스의 생일이 다가오고 있었다. 겨울은 비수기이기도 해서 괜찮은 가격의 여행 상품을 찾을 수 있었다. 수년 동안 휴가를 가지 않았지만, 마을 회관에서 술에 취해 춤을 추면서 그들은 지금 이 대화를 기억한다면 이틀 동안 가게를 닫고 쉬자고 서로에게 약속했었다.

그들은 그 대화를 기억했다. 그건 말하자면 새해맞이 결심이었다. 그런 걸 결심이라고 부르는 사람은 이제 아무도 없었지만 말이다. 정말 아무도 없을까?

"크로머는 어때?" 그레이스가 말했고, 해리는 아내가 그 소년을 기억하는지 궁금해졌다. 그 아이가 어머니가 나타날 때까지 그 단어를 몇 번이고 반복했다고 그레이스에게 말해주었던 터였다. 이제 해리가 그 일을 일깨워주자 그레이스는 말했다. "세상에, 너무나 오랫동안 까맣게 잊고 있었네. 그 애한테는 대체 무슨 일이 일어났던 걸까?"

그건 해리도 몰랐다. 그레이스가 입술로 소리를 냈다. 그러더니 화면을 아래로 내렸고, 그들이 신혼여행 때 묵었던 호텔은 여전히 너무 비싸지만 또 다른 호텔이 있다고, 조금 작고 좀 더 아래로 내려가면 있는 곳이라고 했다.

"그래도 그 해변 산책로 건너편에 있긴 해." 그레이스가 말하며 미소 지었다.

해리는 빙수기의 물받이 쟁반을 닦아냈다. 그러고는 내일 재고 목록을 작성해야 한다는 메모를 자신에게 남겼다.

"거기가 좋아?" 해리가 물었다.

"응, 거기가 좋아." 그레이스가 대답했다.

*

그들은 그달 말에 차를 타고 크로머로 갔다. 동네 사람 모두에게 여행을 간다고 알리자, 모두가 그들 없이도 가게가 계속 열려 있도록 언제쯤 사람을 고용할 건지 물었다. 해리와 그레이스는 생각해보겠다고 약속했고, 차를 타고 가는 동안 곰곰이 생각해본 다음, 결국 고용할 사람을 찾아보기로 서로에게 약속했다.

"가게에 오는 그 아이들 중에 누구든 괜찮지 않을까."
해리가 말하자 그레이스는 눈을 치떴다. 그들은 노리치에
서 차를 세우고 점심을 먹고 있었다. 해리가 가게에 비스
킷을 추가로 주문해야겠다고 하자, 그레이스는 해리에게
그 말을 마지막으로 돌아갈 때까지 가게 이야기는 더 하지
않겠다는 약속을 받아냈다. 그들은 맥주잔을 부딪치며 음
식을 너무 많이 주문했고, 크로머에 도착했을 즈음엔 저녁
생각은 싹 사라져 있었다.

그래도 쉬는 날을 낭비하고 싶지는 않았으므로, 그들은
시내를 좀 걸으면 식욕이 돌아올 거라고 생각했다. 그래서
파카와 장갑으로 몸을 따뜻하게 감싸고 우선 내륙 쪽으로
향했다. 색색으로 칠해진 땅딸막한 2층 건물들이 늘어선
좁고 구불구불한 길을 따라 걸어갔다.

그레이스는 그들이 신혼여행 때 들렀던 도자기 상점을
기억해내려 애쓰고 있었다. 그곳에서 정찬용 접시들을 샀
었다. 어쩌면 이번에 컬렉션에 추가할 그릇들을 살 수도
있겠다고 생각했다. 그래서 휴대폰으로 찾아봤지만, 상점
이름이 기억나지 않았다. 어쩌면 그들이 있는 곳에서 한

블록 떨어진 곳에 있을지도 모른다고 생각했지만, 그곳에는 기념품 가게와 그 옆의 옷 가게밖에 없었다. 그들은 진열창 속 코트들을 구경했다. 해리는 진열창에 비친 그레이스의 모습을, 아내가 내뿜는 희미한 입김을 따라갔다. 그러다 처다보는 걸 그레이스에게 들켰다. 해리는 왠지 민망해져 시선을 피했다.

상점은 찾지 못했지만, 신혼여행 때 거의 매일 먹었던 피시 앤드 칩스 가게는 찾아냈다. 작은 식사 공간을 반쯤 채우고 있던 사람들이 자리를 잡는 그들을 빤히 쳐다보았다. 그들은 그 시선을 무시하고는 신혼여행을 추억했고, 교회를, 함께 앉아 아이스크림을 먹었던 작은 공원을 기억해냈다. 그러다가 해안을 따라 내려가 그레이트야머스로 갈지 말지를 두고 다퉜던 일이 기억났다. 그때 해리는 해안 도시가 다 거기서 거기지 무슨 차이가 있겠느냐고 했었다.

그레이스가 미소 지었다. 몇 년이 지난 지금, 그레이스는 그게 사실일지도, 해리의 말이 맞았을지도 모른다고 인정했다. 그레이스 뒤에 있는 남자가 계속 그들을 힐끔거리고 있었다. 해리는 그 남자를 힐끗 쳐다보고는 그레이스에게 여기가 지루한 거냐고 물었다. 그레이스는 고개를 저었다.

"미안해." 그레이스가 테이블 너머로 손을 뻗으며 말했다. "그런 뜻이 아니었어."

해리는 괜찮다고 했다. 그러고는 창가로 고개를 돌렸다. 커다란 새들이 바다로 날아가고 있었다.

"무슨 생각 해, 해리?"

"여기, 내가 기억하던 것보다 더 근사하네." 생선 튀김을 손으로 뜯어 소스를 찍으며 해리가 말했다.

그레이스의 아버지가 생선 튀김을 좋아했었다. 해리는 그렇게 말했다. 생선 튀김을 먹을 때마다 장인어른이 생각났었다고 말이다.

"그분들이 싸우시는 거 본 적 있어?" 한 입 더 베어물며 해리가 물었다.

"뭐?"

"우리 아버지랑 장인어른. 싸우셨던 기억이 없는 거 같아서. 항상 잘 지내셨잖아."

"그러셨지."

"서로 지나칠 정도로 예의를 차리셨어."

"말도 안 되는 소리 마, 해리."

종업원이 다가와서 그들은 맥주를 한 잔씩 더 주문했다.

"난 그분들의 어린 시절을 보고 싶어." 해리가 말했다. "마을에서 어떻게 지내셨는지를. 틀림없이 지독한 싸움도 하셨을 거야. 아이들은 예의 바르지가 않잖아. 난 그래서 아이들이 좋아."

"두 분 다 반쯤 죽은 듯이 사셨잖아." 그레이스가 말했다. "그리고 몇 년 뒤에 여기 도착하셨을 때는 더 그러셨고. 살아 있다는 걸 제대로 느낀 적이 한 번도 없으셨을 거야. 그게 그분들의 삶이었어. 항상 다른 사람들을 따라잡으려고 하는 거. 당신도 그 정도는 알잖아, 해리."

"당신은 아이들을 왜 그렇게 안 좋아해?"

그레이스가 감자튀김을 내려놓았다. 해리의 눈에 아내가 숨을 들이마셨다가 내쉬는 게 보였다. 그런 다음 그레이스는 테이블 너머로 손을 뻗어 해리의 손을 잡고 살짝 힘을 주었다.

"이 대화가 어디로 가고 있는지 모르겠어, 해리."

또 한 쌍의 커플이 걸어 들어왔다. 맥주가 나왔고, 스피커에서 음악이 조용히 흘러나오기 시작했다.

해리 역시 자신이 대화를 어디로 이끌어가고 있는 건지 알 수가 없었다. 그레이스의 손을 힘주어 마주 잡다가, 해리는 그레이스 뒤에 있던 남자가 사라진 걸 알아차렸다. 저녁 식사를 마친 그들은 음악에 귀를 기울였다.

해안 도시에 가벼운 눈이 내리기 시작했다. 원래는 좀 더 걸을 생각이었던 그들은 발걸음을 돌려 호텔로 향해 갔다. 가는 길에 신혼여행 때 묵은, 존의 사촌이 일했던 커다란 호텔을 지나쳤다. 그들은 회전문을 통해 밝은 로비를 들여다보며 달라진 게 있는지 궁금해했다. 하지만 벨 보이가 그들을 반기자 머쓱해져서는 해변 산책로를 따라, 바다를 저 너머에 두고 계속 걸어갔다.

눈발은 더 거세지지는 않았지만 꾸준히 내려서 재킷이 촉촉해졌다. 불쾌하지 않았다. 작은 호텔방에서 그레이스가 몸을 굽혀 키스하자 해리는 그 눈을 맛볼 수 있었고, 그들이 옷을 벗는 동안 눈 냄새가 방 안 가득 퍼졌다. 마치 맥주가 아니라 눈에 취한 것 같았다. 해리는 평소보다 더 크게 웃었다. 그곳에 있다는 게 기뻤다. 그곳에 다시 온 건 잘한 일이었다.

나중에 그들이 그레이스의 젖은 머리칼로 시트가 축축

해진 침대에 함께 누워 있을 때, 그레이스는 꿈을 꾸기 시작했다. 해리는 그레이스가 잠꼬대하는 소리를 들었지만 무슨 말인지 알아듣지는 못했다. 그레이스의 입이 모양을 바꿔가며 움직이는 걸 지켜보던 해리는 충동에 굴복했고, 손가락 하나를 그 입안으로 살짝 집어넣었다. 그러고는 자신의 손끝을 오물거리는 아내의 입술을 느꼈다. 그런 식으로 움직이는 그레이스의 입이 그를 자극했다. 그는 그레이스의 부드러운 배와 허벅지에 미로처럼 퍼져 있는 정맥들을 내려다보며 아내가 정말로 잠든 건 아닐 거라고 점점 확신하게 되었다. 하지만 아내는 정말로 잠들어 있었다.

무슨 꿈을 꾸는 걸까? 그레이스는 요즘 어떤 삶을 살고 있을까? 혹은 어떻게 살기를 바라고 있을까? 그것들 중에 해리에게 말하지 않는 건 뭘까?

그레이스가 잠결에 반대쪽으로 돌아누우며 담요를 몸 위로 끌어올렸다. 방 안이 추워져 있었다. 해리는 일어나 전자 온도조절기를 확인했지만 작동이 안 된다는 걸 깨달았다. 그는 파자마를 끌어당겨 입고 호텔 가운을 걸쳤다.

"금방 올게." 그레이스는 대답하지 않겠지만 해리는 그렇게 말했다. 그러고는 최대한 조용히 등 뒤로 문을 닫왔다.

로비로 내려가 온도조절기 이야기를 하자, 프런트 직원은 곧바로 사람을 올려보내겠다고 했다. 해리는 망설였다. 그레이스를 깨우고 싶지 않았다. 그는 말했다. "담요 남는게 하나 있어서 괜찮아요. 오늘은 늦었으니 내일 고쳐주실 수 있을까요?"

해리는 지금이 몇 시인지 알지 못했다. 로비에 있는 사람은 그 혼자였다. 방으로 다시 올라가려 했지만, 정신을 차려보니 어느새 바깥에 나와 있었다. 눈은 그친 뒤였다. 눈이 거리와 보도를 얇게 한 겹 덮고 있었다. 해리는 추위를 만끽하며 바다에서 들려오는 파도 소리에 귀를 기울였다. 너무 고요해서 온 세상이 사라져버린 것만 같았다. 마치 그와 그레이스가 마지막으로 남은 사람들인 것만 같았다. 그런 상황에 놓이면 어떤 기분일까?

그는 그런 생각을 하다가 해변 산책로 벤치에 앉아 있는 한 사람의 형상을 발견했다. 그 사람은 후드 티셔츠를 입고 있었고, 가끔씩 몸을 돌려 부두와 바다를 내려다보았다.

해리는 길을 건너갔다. 아이가 고개를 들자마자 해리는

자기가 찾던 아이가 아니라는 걸 알았다.

"미안하다." 해리가 말했다. "다른 사람으로 착각했어."

"누구로 착각했는데요?" 아이가 물었다.

해리는 잠시 생각한 다음 말했다. "내가 전에 만났던 어떤 사람."

"아저씨, 변태나 뭐 그런 거예요?" 소년이 해리의 가운을 흘끔거렸다. "전 그런 취향 아니에요." 그 애가 말했다.

해리는 고개를 젓는 게 우스꽝스럽다는 걸 알면서도 고개를 저었다. 자신은 호텔에 묵고 있는 손님이라고 설명한 다음, 꼭 그런 말을 해야 했나 하고 생각했다. 차 한 대가 지나가며 헤드라이트로 그들을 잠시 비췄다. 아이는 겁에 질렸는지는 몰라도 내색은 하지 않았다. 해리는 아이에게 여기서 뭘 하고 있는 거냐고 물었다. 아이가 대답했다. "여긴 제 자리예요." 그 애는 옆에 놓인 더플백을 열어 보이며 이런 물건들에 관심이 있느냐고 물었다. 가방 안에는 위조품 시계와 선글라스, 담배, 보석, 그리고 뭔지 알아볼 수 없는 작은 비닐봉지 여러 개가 들어 있었다.

해리는 주위를 둘러보았다. 부두 끝 난간에 새 한 마리가 마치 세상 끝자락에서 균형을 잡듯 내려앉더니 멀어져

가는 파도를 내려다보았다.

"사람이 그렇게 많이 올 시간이나 장소는 아닌 것 같구나." 해리가 말했다,

"전 제가 원하면 언제든 여기 있을 수 있어요." 아이가 말했다. "나비처럼 날 수도 있고, 벌처럼 쏠 수도 있죠. 매일매일이 자유로워요. 자유로우신가요, 노땅 아저씨?"

그 말에 어떻게 대답해야 할지 알 수 없었다. 해리는 나이 든 사람이라고 불리는 일에 익숙하지 않았다.

아이는 작은 비닐봉지 하나를 열더니 그 안에 든 것을 꺼내 흔들었다. 그러자 그 물건이 빛을 내기 시작했다. 마치 만화에 나오는 별처럼 보였다. "이건 어린이용이에요." 아이가 말했다. "아이들이 아주 좋아해요." 아이는 별을 플라스틱 총 비슷한 것에 집어넣더니 그들의 머리 위를 겨냥하고 쏘았다. 해리는 하늘로 솟아오른 빛나는 별을 눈으로 좇았다. 별은 해리의 예상보다 더 높이 올라갔고, 그런 다음 바람에 조금씩 흔들리며 천천히 내려왔다. 해리는 오른쪽으로 세 걸음을 옮겨간 다음 손을 펴서 그것을 잡았다.

해리가 다시 아래를 내려다봤을 때, 새는 사라지고 없

었다. 해리는 별을 아이에게 돌려주면서 여기 사는지, 작
년에 집에서 도망친 아이 이야기를 들은 적이 있는지 물어
보았다.

"한국 아이야." 해리가 말했다. "열두 살이나 열세 살쯤
됐어. 너랑 비슷한 나이야."

"아저씨." 아이가 말했다. "엄청 떨고 계시네요."

해리는 가운을 단단히 여미고 두 손에 입김을 불었다.
멀리 바다 위 어두운 수평선 근처에서 작은 배 한 척이 유
리 위를 미끄러지듯 질주하고 있었다. 어디로 가는 걸까?
해리는 문득 그들의 바로 동쪽, 바다 건너에는 뭐가 있는
지 알지 못한다는 걸 깨달았다. 작은 배가 그리로 가서 다
른 해안에 닿으려면 얼마나 오랜 시간이 걸리는지도 알지
못했다. 해리는 영국의 바깥에 있는 어디에도 가본 적이
없었다. 그레이스도 마찬가지였다.

"다음은 뭔가요?" 해리는 말했다. "다음에는 나한테 무
슨 일이 생기는 건가요?"

아이는 해리를 무시하고 해리 뒤에 있는 다른 아이를 빤
히 쳐다보았다. 해리가 나온 그 호텔에서 방금 걸어 나온
여자아이였다. 여자아이는 패딩 점퍼 지퍼를 올리고 손을

흔들더니 길을 건너왔다.

 "안녕." 여자아이가 해리에게인지 소년에게인지 모르
게 말했다. 그 애가 두 손을 점퍼 주머니에 집어넣고 제자
리에서 깡충깡충 뛰자 그 애의 입김이 그들 주위로 떠올
랐다.

 소년이 뒤집어썼던 후드를 벗은 다음 머리칼을 매만졌
다. 그러더니 표정이 부드러워졌다.

 "아저씨네 아이는 제가 찾아볼게요." 그 애는 그렇게 말
했다. 해리가 그 말을 정정하기도, 그 애들의 상황을 파악
하기도 전에 두 아이는 서둘러 해변 산책로를 따라 올라갔
다. 그러고는 점점 더 멀어지며 희미해져갔다. 멀리서 또
하나의 별이 날아올랐다. 달빛은 바다 위에서 춤을 추었
고, 아이들의 발자국은 모두 눈 속에 남아 있었다.

The Hive and the Honey

벌집과 꿀

연해주 우수리스크 지역 남부

1881년 4월 보고서

존경하는 삼촌께

 최근에 삼촌이 맡고 계신 전초기지인 이곳에서 발생한 비극적이고도 수수께끼 같은 일들에 대해 이제 다음과 같이 말씀드릴 수 있을 것 같습니다.

 삼십사 일 전 한밤중에, 저는 고려인 정착지에서 들려오는 요란한 소리에 잠에서 깼습니다. 마치 북소리나 나무 쓰러지는 소리 같더군요. 제가 그때 아버지 꿈을 꾸고 있었던 까닭에 그 비슷한 소리로 들렸는지도 모릅니다. 삼촌이 기억하시기로, 아버지는 저녁 식사 후에 식구들이 음악을 연주할 때 막대기 두 개를 부딪쳐 박자를 맞추는 걸 좋아하셨다죠. 하지만 그날 꿈속에 나타난 아버지는 젊지 않았고, 지금 우리와 함께 계시다면 하고 계실 모습 그대로였습니다. 가지런히 정돈된 희끗희끗한 수염에, 오스만제국의 총탄으로 턱은 잃으셨지만 그럼에도 매우 생기 있는 모습이셨어요.

제가 그 턱을 찾아내서 가지고 다니는 꿈을 꾸기도 한다는 걸 아셨나요? 삼촌도 아버지에 대해 그런 꿈을 꾸시나요?

어쨌든 저는 외투를 걸치고 소총을 움켜쥔 다음 언덕을 서둘러 달려 내려갔습니다. 그들의 판자* 중 하나가 무너진 건지, 혹시 곰이라도 나타난 건지, 아니면 둘 다인지 걱정이 됐습니다. 판자들은 아주 독창적인 형태입니다. 제가 알게 된 바에 따르면 그들의 전통적인 가옥 양식으로, 제 피부를 물어뜯어 흔적을 남겨놓기도 한 수많은 흡혈파리를 막기 위해 창문에는 덮개가 덮여 있고, 겨울 동

---

* 판자(fanza, фанза)는 중국 동북부 지역과 러시아 극동 일대에서 이주민들에 의해 지어진, 조선과 중국, 러시아 등의 문화가 융합한 전통적 주거 형태를 뜻한다.

안 마루와 앉는 자리를 따뜻하게 해주는 난방장치도 있습니다. 하지만 물론 성난 곰이라면 문이나 창문을 뜯어내고 안으로 들어갈 수도 있겠지요.

제 눈에 띄는 곰은 없었습니다. 저는 계속 나아가며 지붕들을 전부 헤아렸습니다. 높게 뜬 달이 사방을 밝게 비추고 있었습니다. 풀밭이 반짝였습니다. 판자는 모두 제자리에 있었습니다. 좀 더 가까이 다가간 저는 강에서 가장 가까운 집의 문이 열려 있다는 걸 알아차렸습니다. 서른 명쯤 되는 사람들이 그 집 앞쪽에 모여 있었지만, 더 가까이 다가가는 사람은 아무도 없었습니다.

저는 어렵지 않게 그들을 뚫고 나아갔고, 그 집 주인 남자가 집 밖으로 반쯤 몸을 내민 채 누워 있는 걸 발견했습니다. 삼촌이 제게 잡는 법을 가르쳐주시곤 했던 물고기들이 마지막 순간에 그랬듯 조금 떨고 있었고, 목을 부여잡고 있었습니다. 누군가가 도와주려 애쓰며 그의 목을 같이 붙잡고 있더군요.

그 순간 저는 무슨 일이 일어난 건지 깨달았습니다. 남자의 몸은 짙은 색 액체로 뒤덮여 있었습니다. 제 뒤에서 더 많은 발소리와 문 열리는 소리가—그러니까 제가 들었던 소리는 문이 쾅 하고 열리는 소리였던 모양입니다—들려왔습니다. 남자는 더 이상 떨지 않았고, 완전히 움직임을 멈췄습니다. 여기저기서 숨을 헉 들이쉬는 소리가 들려오더군요. 이른 봄의 밤공기가 차가워서 달빛 속에 우리의 입김이 보일 정도였습니다.

그때 남자의 아내가 집에서 나오더니 남편의 시신을 넘어 풀밭으로 걸어 나왔습니다. 여자는 들고 있던 피 묻은 칼을 들어 올리고는 모두를 향해 고려인 말로 말했습니다. 제 근처에 있던 동네 사람이 최선을 다해 통역해준 바에 따르면, 자신이 자는 동안 남편이 자신을 범하려 했고, 거절하자 자신을 때리고 또 때렸다는 말이었습니다. 여자는 매일 밤 하루도 빠짐없이 계속되는 그 모든 일에 너무도 지치고 지쳤다고, 이제 모든 게 끝났다고 말한 다음 칼을 내던지고는 모두를 노려보았습니다. 그러더니 저를 노려보더군요. 여자의 머리칼은 헝클어져 있었습니다. 하지만 겁에 질린 얼굴은 아니었습니다.

"넌 결혼했잖아." 군중 속에서 누군가가 여자를 향해 외쳤습니다. "범하고 말고 할 게 뭐가 있어, 이년아?"

침묵이 흘렀습니다. 그러더니 두 팔을 온통 피로 물들

인 채 여자의 남편을 구하려고 애쓰고 있던 남자가―알고 보니 그는 죽은 남자의 동생이었습니다―자신의 형수에게 걸어갔습니다. 칼을 집어 든 그는 칼자루로 여자의 머리를 후려쳤습니다. 딱 한 번이었지만 아주 센 일격이라 여자는 묵은 나뭇가지처럼 쓰러졌습니다.

저는 그를 향해 달려갔지만, 혹은 달려가려 했지만 저지당했습니다. 저를 저지하고 있던 남자에게 제가 이 정착지의 치안관이며 그들은 러시아의 통치하에 있다고 알려주었지만, 그들이 제 말을 알아들었는지, 혹은 신경이나 썼는지 저로서는 모르겠습니다. 제가 몸부림을 칠수록 그들은 저를 더욱 힘껏 붙잡았고, 죽은 남자의 동생은 저를 향해 칼을 휘두르며 다가오더니 서툰 러시아어로 말했습니다. 저는 이곳의 일에 상관할 이유가 없고, 이건 집안 문제라고 말입니다. 제가 누구인지 그에게 알려주자 그는 말했습니다. "엄마 젖이나 빨아야 마땅한 쓸모없는 애송이 코사크 놈 같으니라고. 넌 여기서 지금까지 아무 일도 안 했고 앞으로도 아무 일도 안 할 거잖아. 한마디만 더 하면 우린 이 개 같은 년한테 보여줄 맛을 네놈한테도 보여줄 거야."

그는 이 말을 하더니 침을 뱉었고, 제 소총을 빼앗은 다음 소리를 질렀습니다. 아니, 그보다는 울부짖었다고 해야 할 것 같습니다. 그는 자기 집으로 향했습니다. 그러더니 집에서 짐승을 잡는 데 쓰는 커다란 밧줄을 가지고 나왔고, 한쪽 끝을 자기 형수의 목에 둘렀습니다. 밧줄의 무게와 움직임 때문에 깨어난 여자가 저항해보기도 전에 남자는 이미 여자를 강가의 나무 쪽으로 끌고 가고 있었습니다.

그 뒤의 일들은 순식간에 일어났습니다. 저는 소리를 쳤습니다. 벗어나려고 한 번 더 발버둥 쳐봤지만 저를 붙들고 있던 남자들과는 상대가 되지 않더군요. 죽은 남자의 동생은 밧줄을 가장 두꺼운 나뭇가지 위로 던져 올린 다음, 내려온 밧줄을 어깨에 걸치고 강가에서 멀리로 걸어가기 시작했습니다. 여자는 우선 물속으로 끌려 들어갔고, 잠깐 동안 물속에 잠겨 있다가 끌어 올려졌습니다. 한순간 여자와 다시 눈이 마주쳤다고 생각했지만, 이내 여자가 그저 제 너머의 어딘가를 보고 있다는 걸 깨달았습니다.

그래서 저는 눈을 돌려 죽어가는 여자의 시선을 따라갔습니다. 그곳에는 열두 살쯤 된 여자의 딸이 나와 있었습니다. 그럴 것 같다고 생각은 했는데, 그 아이가 나중에 제게 손짓을 해서 알려주더군요. 자신은 아무 소리도 듣지 못했고 무슨 일이 일어났는지도 몰랐는데 그건 태어날 때부터 귀가 안 들렸기 때문이라고, 자신은 잠들어 꿈을 꾸고 있었다고 말입니다.

"무슨 꿈을 꾸고 있었니?" 저는 러시아어로 물었습니다. 울음을 멈춘 아이는 제 입술을 읽고 있었습니다.

음악. 아이는 손짓으로 그렇게 말했습니다. 현악기를 연주하는 흉내를 내면서 말입니다.

*

그게 시작이었습니다. 저는 결국 소총을 돌려받지는 못했지만 풀려났고, 자신들을 내버려두라는, 저는 이곳의 치안관 같은 게 아니라는 말을 들었습니다.

"우릴 평화롭게 내버려두시오." 그들은 말했습니다.

"무슨 평화 말입니까?" 저는 물었습니다. 그러면서 목이 베인 남자와 나무에 매달린 시신을 차례로 가리켰습니다.

하지만 저는 결국 언덕을 다시 올라갔습니다. 그러면서

가끔씩 아래쪽에 드러나 있는 광경을, 그림자와 달빛 속을 오가는 그 풍경을 내려다보았습니다.

그날 밤의 나머지 시간 내내 잠 못 들고 깨어 있었던 저는 겁쟁이일까요? 이런 일이 일어나는 걸 막기 위해 아무것도 하지 못했으니까? 제가 겁쟁이라고 생각하시나요, 삼촌? 삼촌은 몇 년 동안의 기초 근무를 마친 저를 삼촌이 계신 곳에서 세상 하나만큼이나 떨어져 있는 이 외딴 지역으로 보내 ⓐ 새로 형성된, 약 열다섯 가구로 구성된 고려인 정착지와 ⓑ 이 지역 전반의 상황을 보고하라고 지시하셨지요.

그리고 제가 '상황'이 정확히 무슨 뜻이냐고 묻자 삼촌은 대답하지 않으셨습니다. 대신에 말 한 마리의 고삐를 제게 넘겨주셨는데, 제가 알기로는 그건 해서는 안 되는 행동이었지요. 어떤 의미로 그런 행동을 하셨던 걸까요? 친절이나 애정의 표현이었나요? 그런 다음 삼촌은 제게 화승총 한 자루를 건네주셨고, 삼십 일이나 그 정도에 한 번씩 전령이 들러 제 보고서를 받아 갈 거라고 말씀하신 다음, 마지막으로 명예로운 임무를 맡아주어 고맙다고 하셨지요.

그러니 여기 제 보고서를 전해드립니다. 세 번째 보고서입니다. 하지만 아직까지 전령이라고는 한 명도 오지 않았습니다.

저는 안드레이 불라빈, 스물두 살입니다. 삼촌의 조카이며 발칸반도에서 용맹하게 전사한 페트로 티모페예비치의 아들입니다. 지금은 제가 삼촌의 명령을 받들어 복무한 지 사 년째 되는 해입니다. 저는 지금까지 사수로서, 검술가로서, 통솔력과 서법과 작도법과 언어에서 최고 점수를 받아왔습니다. 말 한 마리의 목숨을 열두 가지 방법으로 구할 수 있고, 대피소를 지을 수 있으며, 풍속을 측정할 줄 알고, 막사에 있었던 누구보다 빠르게 불을 피울 줄도 압니다…… 저는 지금 벌을 받고 있는 건가요?

시신은 밤새도록 나무에 매달려 있었습니다. 그러다 아침이 되었고, 저는 여자의 딸이 도끼로 밧줄을 끊어 자기 어머니의 시신을 떨어뜨리는 걸 지켜보게 되었습니다. 여자는 강물 속으로 똑바로 떨어졌고, 딸은 그다음에 무엇을 해야 할지 모르는 것처럼 잠깐 동안 가만히 지켜보았습니다. 여자의 시신은 물 위로 떠올라 뒤집히고 구르면서 강물을 따라 내려가다가, 비버들이 쌓아놓은 오래된 둑에 걸렸습니다. 그러자 딸은 자기 어머니를 끌어냈고, 집 근처에 두 개의 무덤을 팠습니다. 도와주는 사람은 아무도 없었습니다. 아이는 지쳤습니다. 하지만 계속 땅을 팠습니다.

저는 제복을 입고 이번에는 티모를 타고 다시 언덕을 내려갔습니다. 그러고는 제 말이 강가에서 물을 마시고 풀을 뜯는 동안 아이를 도왔습니다. 동네 사람들은 지켜보기는 했지만 아무 행동도 하지 않더군요. 우리는 두 구의 시신을 담요에 쌌지만, 여자의 딸이 생각을 바꿨습니다. 아마도 그렇게 하면 자기가 덮을 담요가 없어서였던 것 같습니다. 그 아이는 대신에 부모님의 얼굴을 옷가지로 덮었고, 우리는 시신을 매장했고, 저는 위로의 말을 전했습니다.

하지만 저는 아이가 듣지 못한다는 걸 잊고 있었습니다. 그래서 그 애를 마주 보고 다시 그 말을 했습니다. 처음에는 러시아어로, 그다음에는 고려인 말로요. 그 언어를 최대한 열심히 공부하고 있었거든요. 잠시 후, 아이는 흙 위에 제 화승총으로 보이는 것을 그렸습니다. 저는 고개를 저었습니다. 그러고는 말했습니다. "그건 여기 사는 다른 사람이 가지고 있어. 그쪽 사람들이 너무 많아." 아이는 그 말을 곰곰이 생각해보는 듯했습니다. 저는 고개를 끄덕이고는 제가 정말로 곤경에 빠졌다고 말했지만, 아이는 제가 말하고 있다는 걸 알아차리지 못한 것 같았습니다.

티모가 다가가 머리로 아이를 살짝 밀었습니다. 그러자 아이는 미소 지었습니다. 아이는 나이에 비해 마르고 키가 작았고, 저는 그 순간 그 애의 마음을 사로잡고 있는 게 무엇일지, 무엇이 그 애를 통과해 지나갔을지, 슬픔일지, 분노일지, 둘 다일지, 둘 중 어느 쪽도 아닐지 전혀 짐작할 수가 없었습니다. 제가 알기로 아이는 자기 삼촌과 별로 관련되고 싶어하지 않았고, 그 애의 삼촌은 아이와 전혀 관련되고 싶어하지 않았습니다. 아이는 고아였고, 이제 자신의 부모님이 지었던, 하지만 자신이 태어났던 그 장소에서는 한 세상만큼이나, 한 사람의 평생만큼이나 멀어져 버린 그 판자에서 혼자 살고 있었습니다. 이제 그 집은 그 애의 집이었지요.

부임한 지 석 달째였던 저는 이미 그 애의 이름을 잊고 있었고, 전날 밤이 되기 전에는 아마 두 번쯤 봤던 것 같습니다. 이제는 너무 민망해서 아이의 이름을 다시 물을 수가 없었습니다. 저는 지난 몇 달 동안 가능하면 많은 정착민들에게 말을 걸며 지냈습니다. 그들이 저에게 말을 거는 만큼 저도 그들에게 말을 걸었습니다. 하지만 제가 그린 그들의 그림은 완전하지 못했습니다. 제가 파악하기로 그들 대부분은 국경 바로 너머에 있는, 가뭄으로 고통을 겪고 있던 지역 출신이었습니다. 방금 부모님을 잃은 그 아이를 제외하면 어린아이는 없었습니다. 공동체 내의 다른 어딘가에 아이들이 있었던 적이 있는지, 그리고 가족을 꾸릴 계획이 있는 사람들이 있는지는 확실치 않았지만 말입니다. 그들 중 대다수는 제 생각보다 나이가 많았고, 인생 후반기에 접어들어 있었습니다. 그중 두 명은 만주에 있는 유형지에서 도망쳐 나와 지명수배 중인 도둑들이라고, 나이가 아주 많은 한 남자가 건조하게 이야기해주더군요. 그러면서 그는 자신이 피우고 있던 담배를 제게 건네주었습니다.

아무도 신경 쓰지 않았습니다. 처음에 제가 왜 이곳에 왔는지, 그들을 위해 어떤 역할을 하게 될지, 그들의 일상에 방해가 되지 않는 한 아무도 신경 쓰지 않았던 것처럼 말입니다. 그들은 평화롭게 함께 거주하며 함께 일했고, 보리와 메밀과 옥수수를 재배했습니다. 엄밀히 말하면 이곳은 그들의 땅이 아니었지만요. 그들은 현재 블라디보스토크에 거주하는 러시아인 지주가 경작을 포기한 이곳 땅을 부쳐 먹는 소작농들이었습니다.

그리고 그들만 있는 게 아니었습니다. 그런 사람들이 모여 사는 지역들이 곳곳에 있었습니다. 그런 소규모 고려인 정착지들이 계곡 여기저기에 흩어져 있었던 겁니다.

이런 것들이 삼촌께서 알고 싶어하시는 상황일까요? 그들이 전적으로 자급자족하는 삶을 살며, 제 얼굴에 흉터를 남겨놓은 이 끔찍한 파리들에 면역이 돼 있는 듯 보이고, 코사크의 땅이나 토착민들의 땅에서도 우리의 집들보다 훌륭한 집을 지어왔다는 점이? 그들이 이 땅을 경작함으로써 러시아인들이 성공할 수 없었던 영역에서 성공했고, 깊이 판 땅에 채소들을 묻어 발효시킨다는 사실이? 그들은 비밀스럽고 말수가 적은 사람들이지만 대다수는 이미 러시아어를 할 줄 알고, 북부 어딘가에 있는 규모가 더 큰 정착지에서는 학교가 지어지고 있는 것으로 보인다는 점이?

심지어 여러 정착지를 옮겨 다니며 말이 끄는 수레에 담긴 물건들을 파는 선교사도 있습니다. 그는 떠나기 전이면 짧게 설교를 합니다. 저는 그와 함께 시간을 보냈고, 그에게서 여러 물건과 꿀 한 병, 그리고 겨울에 난로 위에 걸면 따뜻하게 잠을 잘 수 있는 해먹도 하나 샀습니다.

그렇게 지내고 있는데 그다음 소란들이 시작됐습니다. 추위가 다시 시작되더니 며칠 동안 계속되어서, 저는 해먹을 다시 난로 위에 걸어놓고 잠에 빠져 있었습니다. 그때 누군가가 비명을 지르는 소리가 들렸습니다. 혼란과 피로 속에서, 저는 정착지에 일어난 일과 제가 망쳐버린 것들을 깜빡 잊고 있었습니다. 부츠를 신고 서둘러 외투를 걸쳤고, 화승총이 있던 곳으로 손을 뻗었지만 총은 거기 없었습니다. 그 이유를 기억해낸 저는 급히 언덕을 달려 내려갔습니다.

여자의 딸과 함께 지내라고 그 집에 두고 온 군마 티모가 저를 알아보자마자 들뜨는 게 보였지만, 저는 녀석에게 집 앞에 그대로 있으라고 명했습니다. 비명은 다른 어딘가에서 들려오고 있었습니다. 정착지의 다른 구성원들이 나와 있었습니다. 우리는 죽은 남자의 동생, 그러니까 자기 형수를 목매달아 죽인 남자의 집으로 함께 들어갔습니다.

그러고는 담요를 껴안고 벽 너머 어딘가 먼 곳을 노려보고 있는 그를 발견했습니다. 그의 피부는 재처럼 창백했습니다.

"그 여자, 안 죽었어!" 그는 그렇게 소리치며 아이처럼 담요를 물어뜯었습니다.

＊

이 문제를 조사하려고 해보았지만, 사실 전혀 문제가 아니라는 생각이 들었습니다. 그 술 취한 살인자는 악몽을 꾸고 있었으니까요. 저는 생각했습니다. 계속 악몽을 꾼다면 그자는 결국 세상을 하직하게 될 거라고요. 그자가 없어지면 속이 시원할 것 같았습니다. 삼촌이라고 할 수 없는 인간이기도 했으니까요. 그 남자와 아이가 소통하는 것을 저는 그때까지 한 번도 보지 못했다고 해야 할 것 같습니다. 그가 그 애를 "그 쪼끄만 년"이라거나 "그 귀머거리 년"이라고 부르는 걸 여러 번 듣기도 했고요.

저는 마음속으로 확신하고 있습니다. 제 군도로 한 번만 찌르면 그자는 신속하게, 효과적으로 제거되리라는 것을요. 하지만 삼촌의 허락 없이 그렇게 할 생각을 하니 마음이 불편합니다. 제게 그 일을 허락해주시겠어요? 삼촌이 이 편지를 읽으시긴 할까요? 무법 지대에 들어온 저는 결국 무법자로 변해버리고 만 걸까요? 삼촌은 제가 무엇을 하기를 바라시는 걸까요?

정착지 사람들은 처음에는 제가 아무것도 하지 않기를 바라더군요. 스스로 책임을 맡기로 결정한 그들은 동틀 무렵 죽은 남자의 동생을 도와 시신들을 도로 파냈습니다. 두 사람의 시신 모두 거기 있었습니다. 이미 부패가 진행 중이었지요. 딸이 얼굴을 덮어두었던 옷가지들은 시신을 파헤치는 바람에 엉망이 되어 있었습니다.

남자의 동생이 몸을 떨기 시작했습니다. "내 맹세하는데," 그가 말했습니다. "그 여자가 돌아왔어."

누가 봐도 사건은 종결된 것으로 보였습니다. 모두가 일터로 돌아갔습니다. 그런데 다음 날 저녁, 해가 지자마자 또 비명이 들려왔습니다. 이번에는 다른 집에서였습니다. 또 다른 남자가 담요를 껴안고 벽을 노려보며 소리를 지르고 있었습니다. "아 제발, 아 제발, 아 제발, 이럴 리가 없어."

농부 중 한 명이 정확히 뭘 봤는지 묘사해보라고 하자, 남자는 "불꽃처럼 환하게 타오르는 어떤 여자"가 "복수심을 가득 품은 채" 자신을 향해 다가오다가 사라져버렸다고 했습니다.(이번에도 누군가가 호의를 베풀어 저에게 이 말을 통역해주었습니다.) 저는 복수심이 어떻게 사람 눈에 보일 수 있는지 묻고 싶었지만 입을 다물었습니다. 그러고는 누군가가 잔인한 농담을 하고 있다고 생각했습니다. 아니, 어쩌면 전혀 잔인하지 않은 농담일지도 모른다고요. 사실 전 그 농담이 아주 마음에 들었거든요. 인상적이었지요. 속이 시원했습니다.

저는 그들이 자신들이 만든 "취하게 하는" 빵을 너무 많이 먹고 죄책감이 초래한 집단 망상에 빠져 있을 가능성 또한 고려해보았습니다. 그들은 자기방어를 하던 여자를 벌하고 강간범 편을 든 셈이니까요.

그들이 이야기를 계속하는 동안 저는 몰래 빠져나가 여자의 딸의 집으로 향했습니다. 티모가 현관문 옆에서 보초를 서고 있었습니다. 저는 녀석의 얼굴에 제 얼굴을 부볐습니다. 그러고는 문을 살짝 열었습니다. 잠옷을 입은 소녀가 깊이 잠들어 있는 게 보였습니다. 아이의 머리칼은 마룻바닥 위에 부채처럼 펼쳐져 있었고, 방 안은 어질러진 흔적 없이 평온했습니다.

　오늘은 소녀의 부모님이 사망한 지 삼십오 일째 되는 날입니다. 정착지의 거의 모든 구성원이 자신들이 '유령'이라 부르는 존재의 방문을 받았습니다. 남편은 한 번도 나타난 적이 없었습니다. 언제나 아내 쪽이었지요. 그들은 그 여자를 정확히 똑같은 방식으로 묘사합니다. 움직이는 빛, 분노에 찬 모습, 그리고 키와 생김새는 목매달려 죽은 그 여자와 똑같다고 말이지요.

　그 현상이 오래 지속되는 바람에 아마 다른 정착지들까지 이야기가 퍼진 모양입니다. 선교사가 더는 찾아오지 않게 되었습니다. 멀리 있는 산마루를 봐도 더 이상 말을 탄 사람들의 희미한 실루엣이 보이는 일은 없습니다. 심지어는 곰들조차 이 땅에 발을 들이려 하지 않는 것 같습니다.

　오직 새들만이 계속 찾아옵니다. 수백 마리가요. 새들은 조용히 있다가 무언가에 놀란 것처럼 강가의 나무에서 확 날아오릅니다. 마치 나뭇가지들이 한꺼번에 폭발하는 것처럼 말입니다.

　제가 이 근무지로 떠나던 날, 삼촌께서는 이렇게 말씀

하셨지요. "무법자들을 경계하고 두려워하거라."

이곳에 무법자들이라곤 없습니다. 한때는 있었는지도 모르겠지만요. 아마 언젠가는 다시 나타날 수도 있을 겁니다. 하지만 지금은 오직 우리뿐입니다.

이제는 아시겠지요. 우리는 공포 그 자체가 되어버린 것 같습니다. 정착민들은 눈을 감는 게 두려워 잠들지 않으려고 애를 씁니다. 정착지에서는 교대로 보초를 서게 되어, 밤이 되면 모두들 번갈아 가며 순찰을 돕니다. 그래도 소용없습니다. 언제나 누군가는 그 여자를 봅니다. 그 현상이 오래 지속된 나머지 이제 몇몇 사람은 여자를 두 번 이상 본 경험이 있습니다.

그들은 이 유령에 관해 논의하기 위해 일종의 협의회를 만들었습니다. 하지만 제가 추측하기로는 이 땅과 그들의 주거지와 관련된 다른 문제들 역시 의논하려는 것 같습니다.

이렇게 두 가지 방향으로 진행되는 대화가 저는 흥미롭습니다. 사람들은 현재의 상황을 해결하기를 원하지만, 그와 동시에, 유령과는 별개로 이곳에서의 미래라는 끝없는 걸림돌 또한 극복하고 싶어합니다.

이 모든 것에도 불구하고, 그들은 단호하게 미래로 뛰어들 준비가 되어 있는 것처럼 보입니다.

이런 어수선한 나날들 속에서 어느 순간 제 화승총이 사라졌습니다. 죽은 남자의 동생이 와서 제가 그 총을 다시 가져갔다고 비난했기에 그 사실을 알게 되었습니다. 저는 하마터면 칼에 손을 뻗을 뻔했습니다. 하마터면 칼을 휘두르고, 그자가 제게 했던 것처럼 그자에게 칼을 겨눌 뻔했습니다. 저는 원한다면 제 집을 확인해보라고 했지만, 그자는 두 팔을 내저으며 걸어가더니 뒤를 돌아보았습니다.

저는 그에게서 늘 보아온 익숙한 분노의 폭발을 예상했지만, 놀랍게도 그의 얼굴은 온화하고 진지하면서도 상처받은 사람의 얼굴로 변해 있더군요. 그는 차분하게 말했습니다. "부탁이니 우리를 그냥 놔둬줘요. 우리는 아무도 원치 않고 관심도 없는 땅에서 살아보려고 애를 쓰고 있어요. 당신이 와서 이 땅을 다시 차지하려 들기 전까지는 모든 게 괜찮았다고요."

저는 그 말을 믿기가 힘들었습니다. 모든 게 괜찮았다는 말 말입니다.

누군가가 제 화승총의 화승에 불을 붙여 '빛'을 만들어

내고 있을 수도 있다고 추론해보았습니다. 여기에는 인상적인 속임수가 개입해 있다고 말입니다. 하지만 그게 누굴까요?

저는 이곳에 처음 왔을 때 그랬듯 저와 이야기하는 데 호의적인 사람들과 요령껏 이야기를 나누기 시작했습니다. 하지만 이 현상이 초자연적인 일이라고 믿지 않는 사람은 드물더군요. 그들은 자신들이 그 여자의 죽음에 관여한 것에 대한 벌을 받고 있으며, 이제 그것이 세상의 순리라고 믿고 있습니다.

"그래요, 우린 비명을 지릅니다." 그들은 말합니다. "잠을 못 자고요. 그럼에도 내일이란 게 있지 않겠습니까?"

저는 그들에게 유령이 나오는 장소는 떠나야 하지 않겠느냐고 묻고, 기꺼이 다른 땅을 물색해보겠다고 제안하고, 그들 모두 과거에 다른 어딘가를 떠나 성공해본 사람들 아니냐고 묻습니다. 제가 이 모든 걸 물을 때면, 그들은 하나같이 삼백 년 전 일본이 침략해 온 일을, 그리고 사찰들과 선교사들과 유럽에서 온 배들의 역사를 이야기하며 유령 따위는 아무것도 아니라고 말합니다.

그들은 이렇게 말합니다. "그래요, 우린 비명을 지릅니다. 잠을 못 자고요. 그런다고 우리가 죽진 않습니다. 그런데 왜 떠나야 한단 말입니까?"

"당신이 치안관이지 않습니까." 그들은 결국에는 이렇게 말합니다. "그 유령을 없애주세요."

지금까지 이 현상을 경험하지 않은 사람은 오직 두 사람, 저와 그 여자의 딸뿐입니다. 정착지 사람들은 이것이 이치에 맞는다고 생각합니다. 어머니가 자기 딸에게, 혹은 자신을 옹호하려 했던 유일한 사람에게 나타나 괴롭힐 이유가 뭐가 있겠습니까? 저를 범인으로 여기는 사람은 아무도 없어 보이고, 여기에는 그럴 만한 명백한 이유들이 있습니다. 하지만 여자의 딸을 범인으로 여기는 사람이 아무도 없어 보인다는 사실은 제게 의문을 자아냅니다. 그 애의 키와 머리 길이가 어머니와 다르다는 건 저도 압니다. 하지만 어쩌면 그 애가 외모를 바꾸는 어떤 방법을 찾아내 정착지 사람들이 그 애를 어머니라고 믿게 만든 것인지도 모릅니다. 그것도 가능한 일이지요.

아무도 그 애에게 말을 걸려 하지 않습니다. 그 애가 자신의 작은 땅에서 혼자 일을 하려고, 혹은 부모님의 무덤에 찾아가려고 지나갈 때에도 아무도 알은척을 하지 않습니다. 언제나 이런 식이었을까요? 이 모든 세월 내내, 제가 오기 훨씬 전부터? 그들은 차별 의식 속에서 그 애의 지성과 성숙함을, 그리고 그 애가 한 달 사이에 부모님 두 분을 모두 잃었다는 사실을 보지 못하게 되어버린 것일까요? 설령 그 애가 그들을 괴롭히고 있다고 해도 저는 그 애를 비난하고 싶지 않습니다. 하지만 그 애는 얼마나 오랫동안 그런 행동을 하려는 걸까요? 저는 적절하다고 여겨지는 방식으로 그 이야기를 꺼내보려고 여러 번 시도해봤지만, 매번 실패했습니다.

그래서 어느 날 오후 그 애가 티모를 이끌고 제 근무지로 걸어왔을 때는 무척 놀랐습니다. 아이는 가방으로 쓰고 있던 담요를 풀더니 준비해 온 음식을 작은 그릇들에 담아 우리 주위 바닥에 흩어놓았습니다. 곧 게임이라도 시작하려는 것처럼요. 그러더니 음식을 먹기 시작하더군요. 아이가 제게 함께 먹자고 손짓을 해서 저도 함께 먹었습니다. 우리는 음식을 전부 먹어치웠습니다. 마지막 한 숟가락까지요. 그런 다음 그 애는 드러누워 눈을 감았습니다. 저는 그 애를 쿡 찌르고 해먹을 가리켰고, 그 애는 해먹에 올라가 누웠고, 저는 그 아래 불을 피웠습니다. 그 애는 잠이 들었습니다. 저는 바닥에 드러누워 아이의 숨소리를 들으며, 저 애는 자기 숨소리를 들어본 적이 한 번도 없겠구나 하고 생각했습니다.

들을 수 없는 사람에게 심장박동이란 뭘까요? 호흡이란 뭘까요?

아버지는 마지막 숨을 쉬기 전에 자기 숨소리를 들으셨을까요?

그때 윙윙거리는 소리가 제 머리 위를 스쳐갔습니다. 저는 잠깐 동안 몸을 긴장시키고 그 여자가 이 집 안에 처음으로 나타나기를 기다렸지만, 소리의 정체는 그저 안으로 들어오는 데 성공한 벌 한 마리일 뿐이었습니다. 저는 무언가의 냄새를 맡은 벌이 여기저기 날아다니는 걸 지켜보았고, 벌은 제가 오늘 마지막으로 남은 꿀을 넣어 마셨던 찻잔 속에 내려앉았습니다.

오늘이 제 스물두 번째 생일임을 제가 조용히 깨달은 건 그때였습니다. 아이는 그걸 알고 저를 찾아와 식사를 함께한 것일까요? 그건 불가능한 일입니다.

나는 아무것도 모르는구나. 그 순간 그런 생각이 들었습니다. 저는 불과 말들을 다룰 줄 알고, 글을 쓸 줄 알고,

아버지가 그립습니다.

이 일이 언제 끝날지, 그리고 한 계절 뒤에, 일 년 뒤에, 십 년 뒤에 이곳에 무엇이 있게 될지 궁금해하고 있는 지금, 또 다른 누군가의 비명이 들려옵니다. 소녀는 해먹에서 몸을 뒤척이고, 저는 불을 더 지핍니다.

밤이 깊었습니다.

*

다음 날 아침 일찍, 소변을 보려고 밖으로 나가보니 농부 몇 명이 와 있었습니다. 여자 한 명과 남자 세 명이었습니다. 여자는 러시아어로 말을 했고, 남자 한 명이 다른 사람들을 위해 통역을 했습니다. 여자는 저를 향해 고개를 젓더니 제가 아이와 동침하는 역겨운 인간이라고, 살해당한 남자와 조금도 다를 바가 없다고 했습니다.

여자는 말했습니다. "부끄럽지도 않아?" 그러더니 자기들이 보기에는 제가 이 모든 일의 원인인 게 분명하다고 했습니다. 제가 악마이고, 대혼란을 일으키고 있으며, 한 시간 내로 떠나지 않으면 제 근무지에 불을 질러버리겠다고 했습니다. 제가 떠나지 않으면 자신들이 한데 모여 쳐들어올 거라고요.

여자는 이 모든 이야기를 아주 빨리 했고, 그들은 언덕 아래로 돌아갔습니다. 저는 충격을 받은 채 움직이지 못하고 있다가 바지가 축축해진 것을 느끼고 제가 오줌을 쌌다는 걸 깨달았습니다. 여자의 딸이 하품을 하며 걸어 나오더니 호기심 가득한 눈으로 세 명의 정착민을 내려다보았습니다. 그들은 나무 옆에 모여 있는 한 무리의 나이 많은 남자들, 협의회 사람들 쪽으로 단호히 걸어가고 있었습니다.

"아무것도 아니야." 저는 그렇게 말하고 미소 지었습니다. "이리 와. 너한테 보여줄 게 있어. 선교사한테서 배운 거란다. 우리, 한동안 선교사를 못 봤지?"

여자의 딸은 제 바지를 슬쩍 보더니 한 번 더 하품을 하고는 고개를 끄덕였습니다. 저는 꿀이 아주 조금 남아 있는 제 찻잔을 가져온 다음 숲의 가장자리로 걸어가 그것을 들어 올렸습니다. 아이가 제 뒤를 따라오는 소리, 그 애의 치맛자락이 풀잎들에 천천히 스치며 바스락거리는 소리가 들렸지만 저는 돌아보지 않았습니다.

몇 분 뒤, 벌 한 마리가 나타났습니다. 벌은 공중을 맴돌며 원을 그렸고, 찻잔 속으로 들어갔습니다. 그러더니 날아올라 멀리 숲속으로 들어갔습니다. 저는 그 벌을 따라갔고, 아이도 저를 따라왔습니다. 더 이상 벌이 보이지도 소리가 들리지도 않게 되자, 저는 가만히 서서 찻잔을 들어 올리고는 벌이 돌아오길 기다렸습니다. 그러자 벌이 다시 돌아왔습니다. 우리는 더 멀리 숲속으로 나아갔고, 그러는 동안 저는 여자의 딸에게 이건 제가 선교사에게서 배운 요령이라고 말해주었습니다. 우리는 길을 만들어내고 있는 거라고요.

"벌집으로." 제가 말했습니다. "그리고 꿀이 있는 곳으로."

그런 다음 저는 아이도 해볼 수 있도록 찻잔을 내밀었습니다. 아이는 주저 없이 컵을 들어 올렸고, 벌이 찻잔을 떠나자 결의에 찬 모습으로 차분하게 걸어가기 시작했습니다. 제가 걸음을 멈추고 지켜보고 있다는 걸 알아차리지 못한 채로.

햇빛이 숲으로 들어와 나무줄기 사이 공간들이 반짝이고 있었습니다. 마치 나무들이 몸을 떨고 있는 것 같았습니다. 잠깐 아무 소리도 나지 않았습니다. 빛의 착시 현상이라는 걸 저는 알고 있었지만, 찻잔을 앞에 든 소녀는 멀리 갈수록 점점 더 키가 커졌습니다. 아이는 한 번도 뒤를 돌아보지 않았습니다. 아이의 어깨가 넓어지고, 머리칼이 길어지며 희어졌습니다. 그리고 그때, 제 뒤 멀리서 비명 소리가 들려왔고, 저는 소리 내 말했습니다. "그러니까, 정말 네가 아니었구나."

정해진 한 시간이 벌써 지났는지 궁금합니다. 제 근무지를 불태워버리려고 그들이 모두 언덕을 올라오고 있는지도요.

아버지, 저는 지금 당신이 어디 계신지 상상해보려고 애를 쓰고 있습니다. 제가 어디에 있어야 하는지도요. 왜 누군가는 저주받은 장소를 떠나지 않으려 하는지도요.

아이는 이제 멀리 있습니다. 온통 햇빛으로 둘러싸인 채, 아주 조금만 보일 뿐입니다. 숨겨진 자신의 왕국으로부터 돌아오던 벌은 이제 더는 돌아오지 않습니다.

언제나 충실한 조카
안드레이 불라빈 드림

Person of Korea

고
려
인

그는 아버지의 대답을 기다리며 삼 주를 보낸다. 그동안 그가 답장이 왔는지 보려고 우편함을 확인할 때마다 개가 그를 따라온다. 개는 전화선 위의 새들을, 그리고 들판 위의 이주 노동자들을 바라본다.

어느 날 우편함 근처의 공중전화가 울린다. 그는 서둘러 부스로 달려간다. 하지만 전화는 블라디보스토크에서 설문 조사를 하는 여자가 걸어온 것이다. 러시아 극동 지방에 있는 고려인 공동체를 대상으로 하는 설문 조사다. 조사원들은 러시아에서 처음으로 대통령이 뽑힌 이래로 쭉 전화를 걸어오고 있다. 그는 보통은 전화를 끊어버리지만, 오늘은 끊지 않는다. 개는 그가 조사원의 질문에 일일이 대답하는 동안 그 옆에 누워 있다.

아뇨, 보리 농장에서 일하진 않아요. 아뇨, 임대한 집에서 사는데요.

네, 전기가 자주 나가요. 네, 물에서 쇠맛이 나요. 네, 기본적인 식료품을 파는 가게는 하나 있어요. 그런데 가장 가까운 도시는 남쪽으로 한 시간은 가야 나와요.

네. 그는 거짓말을 한다. 학교는 다니죠.

아뇨, 공중전화는 자주 이용하지 않아요.

"왜죠?" 조사원이 묻는다.

"돈을 내야 되니까요."

여자가 무언가를 적는 소리가 들려온다. 여자의 목소리를 들으며, 그는 아버지의 목소리를 기억하려고 해본다.

"성함이 어떻게 되세요?" 조사원이 묻는다.

"막심."

"나이는요?"

"열여섯 살이요."

"집에 몇 명이나 살고 있어요, 막심?"

막심은 농장 옆으로 줄지어 늘어선 집들에 살고 있는 사람이 몇 명인지 헤아리다가, 여자가 자신의 가족만 묻고 있다는 걸 깨닫는다.

막심은 말한다. "저희 집에는, 두 명이요." 그게 더 이상 사실이 아니라는 걸 알면서도.

막심이 전화를 끊자 그 소리에 개가 깜짝 놀라 깨어난다. 막심을 따라 집으로 돌아온 개는 막심이 안전하게 집 안에 들어가자마자 들판으로 뛰쳐나가더니 멀리 있는 숲 쪽으로 달려간다. 누구의 개도 아니지만, 그 개는 지난 몇 주 동안 오직 막심만 따라다녔다. 막심은 개를 위해 문을 열어둔다. 삼촌이라면 절대 허락하지 않았겠지만, 삼촌은 삼 주 전에 돌아가셨으니 이제 그게 무슨 상관이겠는가.

막심은 개와 비슷하다. 자기가 하고 싶은 대로 한다. 입고 싶은 것을 입고, 먹고 싶을 때 먹는다. 바닥에 놓인 매트리스 정리도 하지 않고, 계속 꾸는 꿈을 꾸다 놀라서 깨어나는 바람에 유리잔을 넘어뜨려도 별문제가 없다. 사람들이 전에 들어본 적 없는 여러 언어로 말을 걸어오는 꿈이다. 하지만 그에게 꿈의 의미를 설명해줄 사람도, 그를 꾸짖을 사람도, 돈을 벌어 집에 보탤 수 있도록 길모퉁이 가게에 가서 일자리가 있는지 알아보고 오라고 할 사람도 없다.

사방에는 온통 삼촌의 물건들뿐이다. 벽에 달린 옷걸이에는 삼촌의 야구 모자가 걸려 있고, 단칸방인 집 안에는 삼촌의 양철 머그잔과 자동차 잡지 무더기가 놓여 있다. 아버지가 집을 떠나 있었던 시간보다 더 오랫동안 막심이 살아온 집이다. 지금은 여름의 끝자락에 불어오는 바람에 언제나 열렸다 닫혔다 하는 문이 있고, 바깥에서는 오랫동안 비를 맞지 못한 채 보리가 자라고 있다. 올해는 막심도 흉년이라는 걸 알 정도로 오랫동안 비가 오지 않았다. 여러 해 만에 찾아온 흉년이고, 이주 노동자들이 돌아오지 않을 거라는 이야기가 들린다.

문틈 너머로 여전히 삼촌의 택시가 남긴 타이어 자국들이 보인다. 택시는 요전 날 회사 사람들이 와서 견인해 갔다. 동네 사람들이 지켜보는 가운데, 트럭 운전사는 막심에게 택시 글러브 박스 속에 있었다며 도로 지도 한 장을 던져주었다. 막심은 혼자가 될 때까지 기다렸다가 혹시 다른 무언가가, 그를 위한 어떤 비밀 메시지가 지도 속에 접힌 채 들어 있지 않을지 궁금해하며 지도를 펼쳤다. 하지만 그건 그냥 지도일 뿐이었다. 길을 훤히 아는 삼촌이 거의 사용하지 않았던 지도였다.

어제 우편함에는 막심에게 그의 삼촌이 택시값으로 빚진 돈이 있다고 알리는 편지 한 통이 와 있었다. 다음 달이면 막심은 집세를 내지 못하게 될 것이다. 이번 주 들어 네 번째로, 그는 길모퉁이 가게에 가서 주인에게 오늘 할 수 있는 일이 뭐든 있느냐고 묻는다. 가게 주인은 막심을 외면하며 인스턴트 라면 상자 몇 개를 열고, 그러는 동안 텔레비전에서는 뉴스 진행자가 체첸공화국 국경에서 일어난 소규모 접전을 보도한다.

　잠시 후 남자가 막심에게 라면 한 봉지를 던져주며 말한다. "왜 너희는 하나같이 이런 쓰레기 같은 것만 계속 먹는 거냐?"

　얼마 뒤, 막심은 지도를 다시 펼치지만 체첸공화국은 거기 없다. 거기 있는 건 사할린섬이다. 그가 있는 곳의 동쪽, 동해 근처에 있다. 그 섬은 길이가 950킬로미터, 폭이 160킬로미터다. 마치 뛰어오르는 거대한 물고기처럼 생겼다. 막심은 본토 연안에서 그 섬의 연안까지 길 하나를 긋는다. 왕복하면 100킬로미터라고 어림한 다음, 본토에서 테르네이라는, 그가 몇 시간 내로 갈 수 있는 도시 하나를 찾아낸다.

아버지가 여전히 사할린섬에서 일하는지, 혹은 그의 동생이자 막심의 삼촌이 세상을 떠났다고 알리는 편지를 받았는지 막심은 알지 못한다. 아버지가 좋아하는 음식이 무엇인지도 더는 알지 못한다. 그가 뚱뚱한지 말랐는지, 보통 때 러시아어를 하는지 고려인 말을 하는지도 모르기는 마찬가지다.

막심의 아버지는 오 년 전에 그 섬으로 떠났다. 혹은 떠나라는 명령을 받았다. 막심은 그 뒤로 아버지를 보지 못했다.

바람이 불어 들어온다. 막심은 라면을 전자레인지에 돌리면서 삼촌의 알아볼 수 없는 글씨로 표시가 된 달력을 빤히 쳐다본다. 8월의 마지막 날이다.

그달은 그렇게 끝난다. 우편함은 계속 비어 있다. 이틀 뒤, 막심은 등 뒤로 문을 닫은 다음 이주 노동자들이 짐칸에 올라타고 있는 픽업트럭으로 걸어가 함께 타도 되겠느냐고 물어본다. 노동자들은 우즈베키스탄에서 온 고려인들로, 여러 해 동안 매년 이곳에 찾아오고 있다. 막심이 알기로 그들은 동쪽에 있는 또 다른 농장으로 갔다가 남쪽으로 가서 겨울을 지낼 예정이다.

막심은 어깨에 배낭을 멘 채 길에 서 있다. 청재킷을 입고 삼촌의 야구 모자를 쓰고 있다. 막심이 매트리스 밑에 보관해두고 있던 돈을 내밀자, 가장 가까이에 있던 우즈베크인이 그냥 넣어두라고 말한다. 그 우즈베크인은 막심의 삼촌 일은 유감이라고, 삼촌이 그들을 공짜로 택시에 태워주곤 했다고 고려인 말로 말한다. 노동자들은 막심이 트럭에 올라오는 걸 도와주고는 어디로 가고 싶으냐고 묻는다.

"테르네이요." 막심이 대답한다.

트럭이 움직이기 시작하자 개가 트럭 짐칸으로 뛰어오른다. 우즈베크인들이 웃음을 터뜨린다. 그들이 모두 농장을 떠나는 동안 개는 다시금 전화선 위의 새들을 올려다본다.

*

"아버지는 지금도 섬에 계시니?" 막심의 옆에 앉은 우즈베크인이 바람 속에서 소리치고 있다. 그들은 높은 나뭇가지들이 머리 위를 덮고 있는 숲속을 빠르게 달려가고 있다. "지금도 수용소에 계셔?"

막심은 그들이 아버지를 어떻게 생각하는지 모르겠어서 그저 고개를 끄덕이며 흔들리는 트럭 위에서 개를 끌어안는다.

막심의 아버지는 교도관이다. 그들이 마지막으로 이야기를 나눴을 때는 그랬다. 아버지는 사할린섬에 있는 교도소에서 일하고 있었다. 나이 든 사람들이 '수용소'라고 부르는 건 그곳이 전에는 강제수용소였기 때문이다. 그곳은 일본인들이 그 섬의 남쪽 절반의 소유권을 주장하던 시절에 운영하던 수용소였다. 일본인들은 전쟁 기간에 고려인 수천 명을 그곳에 몰아넣고는 나무를 베고 종이 제작용 펄프로 가공하고 석탄을 캐게 했다. 당시 이십 대였던 막심의 할아버지는 그 수용소의 노동자 중 한 명이었다. 전쟁이 끝났을 때 막심의 할아버지를 포함한 많은 노동자들은 끝내 집으로 돌아가지 않았다. 그들은 배를 타고 서쪽으로 갔고, 처음에는 블라디보스토크로, 그런 다음 결국에는 내륙으로, 북쪽으로 향해 가서 그곳에 정착했으며, 아이들을 낳아 러시아 이름을 지어주었다.

그것이 그들 가족의 이야기다. 그것이 그 농장에서 집을 임대해 살고 있는 거의 모든 가족의 이야기다.

아버지는 자신의 아버지가 수감되어 있던 곳으로 일하러 갔다. 막심은 그게 이상하다는 걸 언제나 의식하고 있었다. 한번은 삼촌에게 그 점에 관해 물어보았지만, 삼촌은 그저 "네 아버지는 여기 있는 것보다 거기 있는 게 나아"라고만 말하고는 더 이상 말하지 않았다.

그들은 침묵 속에서 트럭을 타고 남은 길을 간다. 숲이 초원으로 변하고, 다시 언덕과 모래언덕으로 변한다. 그때 갑자기 바다 냄새가 밀려온다. 바닷새들이다. 그들이 테르네이에 차를 세우자, 막심과 이야기를 나눴던 우즈베크인이 종이 한 장을 건네준다. 종이에는 블라디보스토크 근처의 어느 주소가 적혀 있다. 그는 막심에게 내년에도 농장에 일이 있을지 모르겠다고, 일이 잘 풀리지 않으면 자기들을 찾아오라고 말해준다.

"우린 다시 만나게 될 거야." 우즈베크인이 말한다.

트럭에서 뛰어내린 개가 막심을 따라온다. 그들은 언덕에 위치한 도시로 함께 들어선 다음 곧장 해안으로 향해 간다. 차가운 오후 바람에는 모래가 섞여 있고, 육중한 소리가 가득 실려 있다. 막심은 그게 파도 소리라는 걸 아직은 알지 못한다. 두 시간 넘게 길 위에 있다보니 이미 다른 세상으로 넘어온 것만 같다. 막심은 배낭끈을 움켜쥐고 개가 여기 있다는 사실에 밀려오는 안도감을 느낀다. 고개를 숙여 빨랫줄 밑으로 지나간다. 개가 양동이에 든 물을 조금 훔쳐 먹는다. 다른 개들이 개를 힐끔거리다가 골목길로 사라진다. 막심은 집들의 창문을 쳐다보지 않으려 한다.

아버지가 섬으로 갈 때 어느 길로 갔는지 모른다는 생각이 스친다. 막심은 교도관 제복을 입고 곤봉을 움켜쥔 아버지의 모습을 오랫동안 상상해왔다. 그러면서 곤봉을 사용하게 된 아버지가 사람을 때리는 방식이 어떻게 달라졌을지 궁금하게 여겨왔다. 어린 시절 막심이 가장 두려워했던 건 아버지가 언젠가는 부엌칼을 쓰게 되리라는 것이었다.

막심은 해변으로 이어지는 길을 찾아낸다. 개는 마냥 신이 나 있다. 개가 물속으로 뛰어들었다 다시 뛰어나오는 동안 막심은 귀를 기울이고 지켜보며 모래사장을 걸어간다. 나무로 지은 집 몇 채와 식당, 서핑 보드들이 선반에 쌓여 있는 차고가 나온다. 막심은 식당으로 되돌아간다. 머리가 희끗희끗한 여자가 바 뒤에 서서 바 테이블을 닦고 있다. 여자의 두 눈에는 막심을 편안하게 해주는 어떤 차분함이 어려 있고, 그래서 막심은 혹시 배를 가진 사람을 아느냐고 러시아어로 묻는다. 여자는 잠시 막심을 바라보더니 절벽 쪽을 가리키며 저쪽으로 계속 가면 어부들이 있을 거라고 말해준다.

그래서 막심은 계속 간다. 바닷물 위로 미니어처 섬들처럼 튀어나와 있는 커다란 바위들을 지나 걸어간다. 절벽 아래쪽에 도착하자 해변에 정박해 있는 모터보트들이 눈에 띈다. 절벽 그늘 속에 오두막집들이 한 무더기 모여 있다. 이곳의 파도 소리는 더 요란하고, 사방에 가득하다. 누군가가 뒤에 있다 해도 모를 것 같다. 막심은 뒤를 돌아본다. 다시 몸을 돌렸을 때는 오두막집에서 나온 한 무리의 사람들이 그에게 다가오고 있다.

"저거 네 개냐?"

"누구네 개도 아닌데요." 막심이 말한다.

"그럼 우리가 데려가도 되겠네." 한 남자가 말한다.

막심은 아무 말도 하지 않는다. 개 역시 뻣뻣하게 서서 아무 소리도 내지 않는다. 모여 있는 남자들 뒤에는 한 여자가 서서 따분해하는 얼굴로 담배를 피우고 있다. 막심

은 거기 있는 배들이 그들의 배냐고 물어본다. 남자들이
대답하지 않자, 막심은 사할린섬에 데려다줄 수 있느냐고
묻는다.

"돈은 드릴게요." 막심이 말한다.

또 다른 남자가 막심에게 일본인이냐고 묻는다. 일본인
들이 서핑 보드와 제트스키를 가지고 여기 계속 온다고.
우린 일본인 돈은 필요 없어, 그들은 그렇게 말한다. 하지
만 잠시 후 그들은 다시 말한다. "돈이 있다는 걸 증명해
봐." 그들은 막심을 노려보며 조금씩 가까이 다가온다. 그
들 중 한 명이 앞으로 몸을 기울이더니 짝, 하고 한 번 요
란하게 손뼉을 친다.

개가 으르렁거린다. 막심은 잽싸게 몸을 돌려 그곳에서
도망친다. 그러면서 서른까지 센다. 한 걸음 내디딜 때마
다 수를 센다. 스물여덟…… 스물아홉…… 그런 다음 두
주먹을 쥐고 몸을 빙 돌린다. 하지만 남자들은 제자리에서
조금도 움직이지 않았다. 그들은 막심에게 흥미를 잃었다.

이제 막심은 혼자다. 아니, 개와 단둘이다. 그는 아까
지나쳤던 커다란 바위들로 다가가며 바닷속으로 걸어 들
어가기 시작한다. 개는 해안에서 지켜보고 있다. 바위들

이 미끄럽지만 막심은 조심조심 발을 디디며 계속 나아간다. 파도가 온몸에 튀는 걸 피해가며 최대한 멀리까지 나아간다. 그러면서 광대한 공허 같은 바다를 내다보며 그 섬을 눈으로 찾는다. 어쩌면 일본까지도.

어쩌면 해변을 따라 반대 방향으로 더 멀리 가서 다른 누군가에게 물어봐야 하는 건지도 모르겠다. 해안에 있는 다른 도시로 가봐야 하는지도 모른다. 막심은 어느 해인가 삼촌이 자신에게 수영을 가르쳐주려 했던 일을 떠올리지만, 그게 어느 해변이었는지는 기억나지 않는다. 결국 삼촌은 혼자 수영을 하고 막심은 모래사장에 남아 그를 눈으로 좇았던 것만 기억난다.

그는 이곳으로 이사를 오면 어떨까 생각해본다. 식당에서 일하면 어떨까. 커다란 유목 조각을, 아니면 무거운 바윗덩어리를 찾아내서 그 어부들을 한 번에 한 명씩 해치우는 거다. 나머지 어부들은 꽁꽁 묶인 채 강제로 그 광경을 보고 있을 것이다.

막심은 미소 짓는다. 개가 꼬리를 흔들며 기다리고 있는 모래사장 쪽으로 다시 뛰어간다. 해변은 개를 빼고는 텅 비어 있다. 이제 별들이 보이고, 해 질 무렵의 바다는 짙게 물결치고 있다. 막심은 자신을 끌어당기는 바다의 이상한 힘을 느낀다. 그는 개에게 묻는다. "이다음은 뭐지?"

그는 어느새 다시 식당 앞으로 돌아와 있다. 덱 위로 올라가 식당 안을 들여다본다. 유리문은 잠겨 있고, 조명은 꺼져 있으며, 안에는 아무도 없다. 막심은 바다를 마주 보고 계단에 앉아 재킷 주머니에 손을 넣는다. 삼촌의 담뱃갑을 꺼내 한 개비를 피운다. 그러자 배고픔이 조금 덜해진다. 그 순간 막심은 개에게 지금껏 먹을 것을 주지 않았다는 걸, 개 몫으로 아무것도 가져오지 않았다는 걸 깨닫는다. 그걸 까먹다니, 이렇게 멍청할 데가. 막심은 배낭을 열어본다. 마치 마법처럼 음식이 나타나기라도 할 것처럼. 이제 개는 잠들어 있고, 막심은 두 발을 따뜻하게 하려고 개의 몸 밑에 밀어 넣는다.

그러고는 개의 숨소리에 맞춰 숨을 쉰다. 두 눈이 감기기 시작한다. 바다가 다가와 그를 덮는다.

누군가가 야구 모자 챙을 들어 올리는 바람에 막심은 깜짝 놀라 잠에서 깬다. 바에 있던 여자가 몸을 굽히고 내려다보고 있다. 지금이 몇 시인지 알 수가 없다. 희미한 밤빛에 바다가 드러날 만큼은 늦은 시간이다. 여자는 은빛

조명 속에 서 있다. 순간, 왜 개가 짖지 않을까 생각한 막
심은 고개를 돌린다.

"제 개는 어디 있죠?"

"개는 없었는데." 여자가 말한다. "배는 구했니?"

막심은 고개를 젓는다. 그러고는 모래 위에 남은 흔적
을 찾아 주위를 둘러본다.

"배를 다시 구하려면 이틀은 지나야 할 거야."

"이틀이요?"

"내일은 비가 온대. 안개도 끼고. 그럼 구경하기에는 안
좋겠지?"

"전 구경하러 온 게 아니에요." 막심은 그렇게 말하고
일어선다.

여자는 다시 막심을 잠시 바라보더니 말한다. "이리 와."

막심이 개를 찾아야 한다고 하자, 여자는 말한다. "개는
돌아올 거야."

여자는 막심을 식당 안으로 데려가 바에 앉힌다. 그러
고는 담요와 물 한 잔을 건네주고, 그릇 하나에도 물을 담
아 개를 위해 바깥에 내다놓는다. 막심은 뭐든 개가 먹을
음식이 있느냐고 묻는다. 여자는 프레첼과 땅콩이 가득 든

병 하나를 꺼낸다.

"너희 둘이 같이 먹으렴." 여자는 말한다.

막심은 회색 병뚜껑을 돌려 열고 과자를 한 주먹씩 집어 먹는다. 소금의 짠맛에 정신이 든다. 그는 물을 더 마신다. 여자는 맥주병 두 개를 따서 그에게 하나를 건네준다. 막심은 술을 너무 빨리 들이켠 나머지 머리가 띵해진다. 여자는 자기 맥주를 홀짝이며 텔레비전을 본다. 옐친이 또다시 체첸공화국 이야기를 하고 있다. 여자는 막심을 힐끔 보고는 음소거 버튼을 누른 다음 축구 경기가 나오는 채널로 바꾼다.

"난 소피아야." 여자가 말한다.

"막심이에요."

"몇 살이니, 막심?"

막심은 거짓말을 한다. "열여덟 살이요. 누나는요?"

여자가 쿡쿡 웃는다. 그러고는 이곳은 남편의 식당이었다고만 말하고, 더는 말하지 않는다.

"저, 식당에서 일해도 상관없는데." 막심이 말한다.

"상관있을걸." 소피아는 그렇게 말하며 손톱으로 맥주병을 두드린다.

막심은 덱으로 걸어가 개를 찾는다. 소피아가 여기는 뭐 하러 온 거냐고 처음으로 물어와서 그는 설명을 한다. 돈도 꺼낸다.

소피아는 돈을 세어보더니 막심에게 돌려주고는 말한다. "배를 가지고 있는 사람을 알아."

"아까는 그런 얘기 안 했잖아요." 막심이 말한다.

"아까는 너를 몰랐잖아." 소피아가 말한다.

막심이 다시 돈을 건네지만 소피아는 받지 않는다. 텔레비전에서는 골키퍼가 몸을 던져 공을 잡는다. 소피아는 잠을 좀 자두라고, 내일 보자고 말하고는 조명을 끄고 밖으로 걸어 나간다.

막심은 바에 바싹 붙어 눕는다. 바닥은 끈적끈적하고, 오래된 맥주 냄새가 난다. 그럼에도 오늘 한 여행보다 훨씬 거대한 피로가 그의 몸속에 내려앉는다. 막심은 바다의 파도 소리에 정신을 집중하며 물속에 들어가 있던 삼촌의 모습을 다시 떠올린다.

*

　다음 날에도 개는 돌아오지 않는다. 아침이 되자 가게
에 온 소피아는 막심을 부두로, 아주 작고 낡은 저인망어
선 한 척이 있는 곳으로 데려간다. 그러고는 이건 자기 조
카의 배인데 자기가 직접 태워주겠다고 한다. 막심은 지금
껏 배를 한 번도 타본 적이 없다는 사실을 아직 말하지 않
았다.

　해안에는 두꺼운 장막 같은 안개가 내려앉아 있다. 공
기가 쩍쩍 달라붙는다. 그들은 곧 출발하고, 육지로부터
멀어져 동쪽으로 향한 다음 동해로, 점점 더 짙어지는 안
개 속으로 들어간다. 막심은 양 무릎을 세워 가슴에 대고
두 눈을 감은 채 소피아 옆 바닥에 앉아 있다. 몸을 덮친
뱃멀미가 지나가기를 기다리면서.

　여행은 몇 시간이 걸린다. 막심은 계속 눈을 감고 있다.
그러다가 배가 흔들리는 리듬에, 엔진 소음에 익숙해진다.
뱃멀미가 진정되자 그는 일어서서 소피아의 어깨 너머를
바라본다. 처음에는 안개 때문에 섬이 보이지 않는다. 그
러다가 어렴풋이 섬이 나타나고, 이내 항구가, 바다 근처

의 높다란 초록색 언덕들이 눈에 뛴다. 항구는 생각보다 분주하다. 부두에 있는 어부들이, 그리고 조금 더 내려간 자리에 화물선이 보인다. 모든 것이 안개 속에서 사라졌다 나타났다 하고 있다.

빈자리가 눈에 띄자 소피아는 얼른 배를 댄다. 그러고는 막심에게 시간이 얼마나 필요하냐고 묻는다.

막심은 그런 생각은 해보지 않았다. 하지만 배낭을 집어 들자 새로운 에너지가 솟는 게 느껴진다. 심장이 빠르게 뛴다.

"내가 여기 계속 있을 수는 없거든." 소피아가 말한다. "내일 정오쯤에 다시 올게. 그리고 만약에 내일 네가 여기 없으면 경찰을 부를게. 어때?"

막심은 고개를 끄덕인다. 하마터면 소피아에게 같이 가 달라고 부탁할 뻔했다. 그는 배에서 뛰어내려 돌아선다. "제 개는……" 막심은 말한다.

"그래." 소피아가 말한다. "개는 내가 찾아볼게."

막심은 배낭끈을 단단히 조인 다음 서둘러 안개를 뚫고 부두를 내려간다. 중심가 도로 한복판에 바닷새들이 모여 빵 부스러기들을 쪼아 먹고 있다. 차 한 대가 안개를 뚫고 달려올 때마다 새들은 놀라서 흩어진다.

막심은 언덕을 올라가는 길로 향한다. 교도소가 부두에서 멀지 않다는 사실은 옛이야기들을 들어 알고 있다. 할아버지도 다른 사람들도 언제나 바다 냄새를 맡을 수 있었다고 했다. 막심은 그 길을 걸어 올라가는 그들을 상상해본다. 이런 안개를 뚫고 걸어가는 그들을. 막심은 안개 위로, 높은 곳으로 올라가고 싶다. 하지만 높이 올라갈수록 시야는 점점 뿌예진다.

갑자기 한 줄기 거센 바람이 불어온다. 길이 굽어진 곳을 돌자 바윗덩어리 옆에 무릎을 꿇고 앉아 있는 두 남자의 모습이 보인다. 한 남자가 더플백에 무언가를 집어 넣고 있다. 막심은 그들이 자신을 알아챘을까봐 뒤로 물러나지만, 그들이 서로에게 말하는 언어가 귓속을 파고든다. 막심이 전에는 한 번도 들어본 적이 없는 언어다. 다음 순간, 남자들이 그를 부르는 소리가 들려온다.

막심은 교도소가 어딘지 아느냐고 러시아어로 묻는다.

"직접 네 발로 걸어 들어가게?" 막심 가까이에 있던 남자가 씩 웃는다.

"저희 아버지가," 막심은 말한다. "거기 교도관이세요."

남자는 웃음을 거두지 않는다. 그러면서 조금만 더 가면 된다고, 길이 세 갈래로 나뉘는 곳이 나올 거라고 말해 준다. "맨 오른쪽 길이야." 그가 말한다. "그리로 가면 나올 거다. 근데 연석 위로 걷도록 해. 여기선 사람들이 차를 빨리 몰거든."

막심은 그들에게 고맙다고 말한다. 그러고는 다시 길을 나서려다가, 아까 그들이 하고 있던 말이 어느 나라 말이냐고 묻는다.

남자는 대답하는 대신 묻는다. "너, 고려 사람이지?"

고려 사람. 고려인.

"네." 막심이 대답한다.

"우린 네가 태어나기 훨씬 전부터 여기 살고 있었단다, 친구." 남자는 계속 씩 웃고 있다. "잘 가렴." 그가 그렇게 말하자 그의 동료가 더플백을 집어 든다. 두 사람은 길을 내려가 안개 속으로 사라진다.

세 갈래 길에 다다른 막심은 맨 오른쪽 길로 들어선다. 남자가 말한 대로 길 옆으로 붙어 걸으며 농장이 떠오르는 텅 빈 들판을 따라간다. 거의 삼십 분이 지나자 교도소가 나타난다. 높은 벽들과 가시철조망, 탑 하나가 보인다. 정문 출입구 옆에는 부스가 하나 있고, 그 안에는 교도관 한 명이 앉아 있다.

교도관이 자신을 알아차리자 막심은 아버지의 이름을 댄다. 자기 아버지도 이곳의 교도관이라고, 아버지를 찾고 있고 중요한 일이라고 말한다. 믿어주지 않으면 주위의 다른 사람들에게 물어보겠다고.

교도관이 읽고 있던 잡지를 내려놓고 몸을 앞으로 기울인다. "네가 바실리 아들이라고?"

막심은 고개를 끄덕인다.

남자는 클립보드를 확인하고는 바실리는 아직 근무 시간이 안 됐다고 말해준다. "집에 있을 거야." 교도관은 말한다. "그리로 가보렴."

막심은 거기가 어딘지 알지 못한다.

교도관은 망설이다가 말해준다. "온 길로 되돌아가렴. 그런 다음에 오른쪽 길로 계속 걸어가. 그러면 집 여러 채가 교도소를 내려다보고 있는 언덕이 보일 거야. 안개만 끼지 않았어도 여기서 그 집들이 보일 텐데. 근데 너 정말 바실리 아들 맞니?"

막심은 대답하지 않는다. 섬에 도착한 지도 이제 한 시간이 넘었다. 막심은 뭍으로 무사히 돌아가고 있는 소피아의 저인망어선을 그려본다. 두 다리가 피로해질수록 안개는 점점 더 바다처럼 느껴지고, 육지는 그 위에 떠 있는 것만 같다.

막심은 집들이 있는 곳에 도착한다. 튼튼한 지붕을 새로 얹은 잘 지은 집들이다. 언젠가 막심이 살아보고 싶은 집들이다. 어느 집이 아버지의 집인지 궁금해하던 막심은 거의 곧바로 알아본다. 첫 번째 집의 창문 안쪽에 아버지가 있다. 잠시 후, 바실리가 뒷문으로 걸어 나온다. 그는 담배에 불을 붙이더니 길 쪽으로 돌아선다.

"막심!"

그들은 서로를 마주 보고 선다. 바실리가 뒤뜰 피크닉 테이블 옆에 놓인 벤치에 앉는 동안 막심은 그에게서 눈을 떼지 않는다. 벤치는 저 아래 있는 교도소를 향하고 있다. 지금은 교도소가 거의 보이지 않지만 말이다.

오 년. 그 모든 세월이 무너져 내리는 것만 같다. 단 하루도 기억나지 않는다.

막심은 바실리 맞은편에 있는 벤치에 앉는다. 그곳에서는 집 뒤쪽이 보인다. 한 여자가 뒷문으로 그들을 빤히 쳐다보고 있다. 목욕 가운을 입은 여자가 걸어 나오자 아버지는 도로 들어가라는 말을 한다. 하지만 여자는 듣지 않는다. 바실리와 비슷한 나이로 보이는 여자는 몹시 긴 머리를 감고 막 드라이한 참이다. 그들을 둘러싼 담배 냄새가 여자의 샴푸 냄새와 뒤섞인다.

여자가 말한다. "당신 아들이야?" 하지만 바실리는 대답하지 않는다. 막심도 마찬가지다. 막심은 아버지를 쳐다보고 있다. 아버지는 막심이 기억하기로는 처음으로 깔끔하게 면도를 하고 다림질한 셔츠를 입고 있다.

"당신이랑 하나도 안 닮았는데." 여자가 말한다.

"나보다 잘생겼지 뭐." 바실리가 말한다.

"그건 그러네."

"너, 여기서 좀 지내다 갈 거니?" 아버지가 묻는다.

여자가 바실리의 귓가로 몸을 기울인다. "난 애가 여기 있는 건 좀 많이 별로야." 여자는 그렇게 말하고는 다시 집 안으로 걸어 들어간다. 샴푸 냄새가 여자를 따라 집 안으로 사라진다.

"너 배고프니? 맥주 좀 줄까?" 아버지가 묻는다. 그러더니 다시 묻는다. "네가 지금 몇 살이지?"

바람이 그들의 머리 위로 밀려오면서 안개가 따라와 한 순간 아버지의 모습이 지워진다.

"멋진 집이네요." 막심이 말한다.

"잘 짓긴 했지. 튼튼하게. 내가 말했잖니."

"내내 여기서 지내셨어요?"

바실리는 고개를 젓는다. 전에는 저 멀리 있는 아파트 단지에 살았다고 한다. 여기 있는 집들은 새로 들어선 정부에서 지어준 거라고. 관심 있는 교도관들에게 추첨 기회가 주어졌는데, 자신도 당첨되었고 작년에 여기로 이사 온 거라고.

막심은 주택 추첨에 당첨된 아버지의 모습을 그려본다. 아버지와 자신이 무언가에 당첨된 적이 있는지 기억하려고 해본다. "운이 좋았네요." 막심이 말하자 아버지는 담배를 한 모금 빨아들이며 연기가 들어가지 않도록 한쪽 눈을 감는다.

"그 모자를 썼구나." 바실리가 말한다.

막심은 삼촌의 야구 모자를 벗어 테이블 위에 올려놓는다.

"그 녀석은 야구에 대해서는 아무것도 몰랐어." 아버지는 말한다. "그냥 그 모자만 좋아했지."

"삼촌도 조금은 알고 있었어요." 막심이 말한다.

아버지는 마치 무언가를 기억해내려는 듯 아래를 내려다보다가 집은 어떠냐고, 요즘 그 농장 길에는 누가 살고 있느냐고 묻는다. 막심은 어떻게 대답해야 할지 곰곰이 생각해본다. 농장에 흉년이 들었다고 말하고 싶다. 길모퉁이 가게는 그를 고용해줄 만큼 돈을 벌지 못하고 있고, 다음 달 집세를 낼 수가 없다고 말이다. 그는 그 집으로 돌아갈지 이제는 잘 모르겠다고, 그게 어딘지는 몰라도 다른 어딘가로 갈까 생각 중이라고 말하고 싶다.

"편지는 받으셨어요?" 막심이 묻는다.

"받았어."

"근데 장례식에는 안 오셨네요."

"그 애가 내가 그 자리에 참석하기를 바랐을지 알 수가 없어서 그랬지." 바실리는 말한다. "너 역시 내가 오길 바라는지 몰랐고 말이야."

막심은 바실리의 시선을 피해 산비탈로 눈을 돌린다. 그러다가 아래쪽을 가리키며 묻는다. "저 건물들이 수용소였나요?"

"뭐였냐고?"

"강제수용소요. 할아버지가 계셨던."

아버지는 알지 못하는 표정이다.

"할아버지 생각도 나세요?" 막심이 묻는다. "저기서 일하실 때요? 저 같으면 항상 생각날 것 같아요. 제가 저기서 일하고 있다면요."

"그렇다면 네가 저기서 일하지 않아서 다행이로구나." 바실리는 말한다. 그는 잠시 말을 멈췄다가 목소리를 낮추고는, 교도소 안에서는 너무 많은 일이 일어나서 생각을 별로 할 수가 없다고 말한다.

"할아버지가 왜 저기로 가게 되었는지 아세요?" 막심이 묻는다. "할아버지가 왜 이 나라에 머무르게 되신 건지요?"

"그래, 안다." 바실리가 말한다. "배를 잘못 타셨거든."

아버지가 농담을 하고 있는 건지 아닌지 막심은 알 수가 없다. 그때 아버지가 웃음을 터뜨린다. 막심은 깜짝 놀란다. 마지막으로 아버지의 웃음소리를 들은 게 언제인지 기억나지 않는다. 마치 가슴속에 있던 작은 불꽃에 재가 덮이는 것 같다.

"개가 있던 거 기억나세요?" 막심이 묻는다. "농장에요?"

"개는 쓸데가 없어." 아버지가 말한다.

"로디지언 리지백이에요. 아프리카에서 온 품종이요. 일하는 사람들이 이야기해줬어요. 그 사람들하고 같이 차를 타고 왔어요."

"아프리카가 나나 너하고 무슨 상관이겠니."

"전 아프리카에 가고 싶어요." 막심이 말한다.

바실리가 담배를 눌러 끈다. "네 편지를 받았느냐고 묻고, 할아버지 이야기를 하고, 아프리카에 간다고 말하려고 여기까지 온 거냐?"

"아뇨." 맥심이 말한다. "다른 두 가지 이야기를 하려고 왔어요."

아버지는 기다린다.

막심의 목구멍이 조여든다. 그는 테이블 가장자리를 붙잡고 아래를 내려다본다. "아버지가 제가 어떻게 지내는지 확인하러 돌아오실 건지 궁금했어요. 하지만 돌아오실 생각이라면, 그러시지 않아도 돼요."

"내가 필요 없다는 거구나, 그렇지?" 아버지가 말한다.

"그래요." 막심이 말한다. "전 괜찮아요. 저 혼자서도 괜찮아요."

아버지가 테이블 너머로 손을 뻗자 막심은 움찔한다. 아버지는 좀 더 웃더니, 놀랍게도 조금 더 조심스럽게 손을 뻗어 막심의 손을 잡는다. 마치 그들이 함께 기도하고 있기라도 한 것처럼 부드럽게. 막심은 자신의 몸 아래쪽으로 미끄러져 들어오는 안개에 시선을 고정한다. 거기, 안개가 아주 오래되고 낯선 무언가처럼 다리를 감싸며 떠 있는 모습에.

"곤봉을 쓰세요?" 막심이 묻는다.

조용히 말했지만, 바실리는 그 말을 듣는다.

"뭐?"

"교도소에서요. 곤봉을 쓰세요?"

아버지의 손이 그의 손을 꽉 잡는 게 느껴진다. 막심은 침묵이 깨지기를, 숨이 턱 막히기를, 세상에 갑작스러운 균열이 일어나기를 기다린다. 마치 그런 일이 일어나기를 바라는 것처럼. 그는 자신이 왜 그런 걸 원하는지 이해할 수가 없다. 마치 보리밭을 가로질러 뛰어간 개가 통제할 수 없는 무언가에 이끌린 듯 숲속으로 들어가는 것처럼.

하지만 아무 일도 일어나지 않는다. 아버지는 아무것도 하지 않는다. 아버지가 막심의 손을 놓자, 바람은 찾아왔던 것만큼이나 빠르게 사라진다. 갑자기 낯선 소음이 허공을 채운다. 사이렌이다. 경보기다. 그 소리가 섬의 이쪽 구석을 가득 채운다. 막심은 어쩌면 비행기일지도 모른다고 생각하지만, 잠시 후 저 아래 교도소에서 밝은 불빛들이 깜빡인다.

집 안에서 전화벨이 울리더니, 여자가 나타나 수화기를 흔든다.

아버지가 집 안으로 들어간다. 몇 분 뒤 제복 단추를 채우며 다시 나온다.

"누가 탈옥을 했구나." 아버지가 말한다. "괜찮아. 걱정할 일은 아니야. 일 년에도 몇 번씩 일어나는 일이거든."

막심은 저 아래 교도소에서 픽업트럭 한 대가 나와 집쪽으로 다가오는 걸 지켜본다.

"탈옥하는 게 누군지 아니?" 바실리가 묻는다. "항상 그니브흐족들이야. 그자들은 법을 어기고 그 죄로 벌을 받으면서도 그냥 걸어 나갈 수 있다고 생각하거든. 여기가 자기들 땅이고 원하는 건 뭐든 할 수 있다고 생각하는 거야. 우린 애를 쓴다, 알고 있니? 우린 그자들을 친절하게 대하려고 애를 쓴다고. 심지어 몇 명은 교도관으로 고용하기도 하고. 그런데 그러고 나면 그자들이 하는 짓이라곤 자기 친구를 탈옥시켜주는 게 다란 말이야."

막심은 아버지의 말을 더 이상 듣고 있지 않다. 오는 길에 마주쳤던 두 남자를 떠올리고 있다. 그 더플백. 막심을 보고 씩 웃던 한 남자. 그들이 쓰던 언어의 억양. 니브흐족.

트럭이 집 앞에 와 선다. 막심은 아버지와 함께 그리로 걸어간다. 바실리가 말을 잇는다. "그거 아니? 그자들이 하는 일이라곤 고향으로 돌아가는 것뿐이야. 세상은 달라지는데, 그리고 언제나 달라질 텐데, 그자들은 언제나 똑같을 거야. 왜 그런지 아니? 고집 센 바보들이니까."

막심이 뭐라고 대답하기도 전에 아버지가 다시 묻는다. "막심, 두 번째는 뭐였지?"

"두 번째요?"

"네가 나한테 하고 싶다던 이야기." 아버지가 말한다. "여기 두 가지 이야기를 하려고 왔다면서. 두 번째는 뭐였지?"

트럭 앞좌석에서는 소총을 든 교도관 두 명이 막심을 빤히 쳐다보고 있다.

"다른 사람이 또 있나요?" 막심이 묻는다.

"다른 사람?"

"우리 가족이요." 막심이 대답한다. "다른 누군가가 더 있나요? 다른 어딘가에?"

"내가 그걸 어찌 알겠니." 바실리는 그렇게 말하고는 픽업트럭 짐칸으로 뛰어오른다.

트럭이 속력을 내며 달려간다. 여자는 이제 현관문 옆에 나와 있지만 막심은 못 본 척한다. 아버지가 손을 잡았던 곳에 온기가 남아 있다. 온기는 거기, 손바닥에 집중돼 있다. 교도소를 지나 다시 길을 걸으면서도 막심은 계속 그 온기를 느끼고 있다. 항구에 도착한 그는 혹시 소피아가 떠나지 않았을지 몰라 저인망어선을 찾는다. 어부 몇 명이 시끄러운 소리가 들려오는 언덕 위를 빤히 올려다보고 있다.

막심이 삼촌의 야구 모자를 피크닉 테이블 위에 두고 왔다는 걸 깨닫는 건 그때다. 사방이 잠깐 조용해진다. 안개

속에서는 좌우로 움직이는 불빛 말고는 아무것도 보이지 않는다. 들판의 개도, 수영을 하고 있는 삼촌도 없다. 막심은 손을 뻗는다. 그 순간 시커먼 차 한 대가 쏜살같이, 거의 막심을 스칠 뻔하며 달려 지나간다. 그러는 동안 경보기는 계속해서, 이제는 더 요란하게, 섬을 가로질러 울려댄다.

Valley of the Moon

달의 골짜기

이 년 뒤, 그는 정착지를 떠났다.

북쪽으로 향하는 버스를 타고 가다가 전에는 미 육군이 쓰던 트럭의 뒤칸에 얻어 탔다. 트럭에는 그와 같은 사람들이 가득 타고 있었다. 그들은 모두 같은 말을 했다. 고향으로 돌아간다고.

다들 가봤자 남아 있는 게 별로 없다는 걸 알면서 하는 말이었다. 그럼에도 그 말을 서로에게 하니 좋았다. 그 말은 직접 말하지 않고도 살아남았음을 전하는 말이었다. 트럭이 멈춰 설 때마다 그들은 담배 몇 보루를, 작은 곡식 자루를, 신발 끈을, 천 조각을 교환했다. 그런 다음 서로에게 집이 어디인지, 휴전선에서 얼마나 떨어진 곳에서 살게 될 것인지 물었다. 다른 사람들은 어느 피난민 정착지에 있었는지, 거기에는 사람이 얼마나 많았고 얼마나 오래 있었는지, 혹은 피난민 정착지에 있기는 했는지 물었다. 전쟁 전에는 무슨 일을 했는지, 이름과 나이는 어떻게 되는지 서로에게 물었다.

그의 이름은 동수였다. 그는 농사짓는 집안에서 태어난 다른 아주 많은 사람들과 비슷했고, 서른한 살이었다.

덜컹거리는 트럭 뒤칸에 꽉꽉 끼어 탄 그들은 동수에게 안대는 왜 하고 있느냐고 물었다. 솔직한 성격이었던 동수는 정착지에 처음 도착했을 때 몸싸움이 일어나는 바람에 눈을 찔렸다고 말해주었다. 그들 중 몇 명은 겨울에 동상으로 발가락이나 손가락이 잘려 나간 자리를 보여주었다. 동수도 똑같이 했고―그는 한쪽 새끼발가락을 잃었다― 그런 다음 그들은 이제 전쟁이 끝났으니 잃어버린 살점들이 돌아올지도 모른다며 농담을 했다.

"동수, 기억할게요!" 동수가 내릴 차례가 되자 그들은 모두 그렇게 말했고, 동수 역시 그들을 기억하겠다고 말했다. 기억하지 못할 것을 알면서도.

산어귀에 도착한 그는 걷기 시작했다. 길을 걷다 폭격

으로 파괴된 곳이 나오자, 그는 숲속으로 걸어 들어가 가파른 비탈을 올라갔다. 그의 등에는 커다란 쌀부대 하나가 잠잘 때 덮었던, 좀벌레가 파먹은 양털 담요와 함께 끈으로 묶여 있었다. 쌀부대 속에는 돈이 숨겨져 있었다. 그가 여남은 명의 다른 사람들과 함께 묵었던 판잣집 벽 속에서 꺼내 온, 일 년 전에 세상을 떠난 어떤 남자의 돈이었다. 동수의 가슴에 달린 주머니에는 손수건에 싼 채소 씨앗들이 들어 있었다.

그는 쉬지 않고 꾸준히 올라가며 살아남은 나무들을 이용해 몸을 끌어올렸다. 한 시간 가까이 언덕을 지그재그로 올라갔다. 마침내 정상에 도착해 아래쪽을 내려다보니 반대쪽으로 산을 절반 가까이 내려간 곳에 작은 농가가 보였다. 그가 태어났고 그의 부모님이 아마도 돌아가셨을 가능성이 높은 집이었다. 집은 반 이상 파괴되어 있었다. 땅도 대부분 그랬는데, 흙이 파헤쳐져 말라붙어 있었다. 사방에 깊은 구덩이가 파여 있었고, 고무와 금속 조각들이 널려 있었다. 동수는 짐승 뼈들을 발견했다. 일부는 이곳을 떠돌아다니던 염소들의 뼈인 것 같았다. 그 자신도 이유는 알 수 없었지만, 동수는 집으로 들어가기도 전에 그것들을, 그 뼈들을 모으면서 그날의 나머지 시간을 보냈다.

집에 들어갔을 때는 어두워져 있었고, 오직 달빛만이 그를 집 안 곳곳으로 인도해주었다. 그가 평생 보지 못한 집이었다. 온전히 남아 있는 방 하나 안에는 오래된 먼지와 빗물이 가득 담긴 찻잔 하나가 바닥에 놓여 있을 뿐이었다.

*

동수는 그 집을 고치며 일 년을 보냈다. 지붕에 얹을 짚과 울타리를 만들 나무를 찾아냈다. 울타리는 언젠가 기르게 될 가축들을 위한 것이었다. 풀도 새로 심었다. 한 달에 한 번씩, 동수는 네 시간을 걸어 가장 가까운 마을로 가서 필요한 물건들을 샀다. 채소와 벼가 자라기 시작한 뒤로는 식품으로 물물교환을 하기도 했다. 계절마다 땜장이가 골짜기를 지나갈 때면 그 남자에게서 조리 도구와 냄비, 그리고 잔을 몇 개 더 살 수 있었다. 알고 보니 그 땜장이는 어린 시절에 봤던 동수를 알아봤지만, 동수는 아무리 애를 써도 그 노인이 기억나지 않았다.

"사람을 다시 보게 돼서 좋네." 땜장이는 말했다. "이 달의 골짜기에서 말이야."

동수는 사람들이 이곳을 그렇게 부른다는 걸 잊고 있었다. 근처에 또 다른 사람이 살고 있는지 물어봤지만—골짜기를 좀 더 내려가면 길이 굽어지는 곳 근처에 농장이 하나 더 있던 게 기억났다—땜장이는 고개를 저었다. "누가 여기 나와서 살고 싶어하겠어? 자네나 그렇지. 북쪽으로 하루쯤 가면 나오는 휴전선을 지키는 군인들도 거기서 살기 싫어하는데." 땜장이가 웃었다. 그러더니 노새 엉덩이를 철썩 때리며 말했다. "적어도 그 군인들은 내 물건들을 사긴 하지." 땜장이는 노래를 부르기 시작했고, 그 커다란 노랫소리는 그의 모습이 점점 멀어지며 작아지는 동안 계속 메아리쳤다.

그 땜장이나 마을 사람 한 명 말고 다른 사람은 보지 못했다. 이것이 동수의 삶이 되었다. 그는 자기가 먹을 것을 손수 길렀다. 지붕이 새면 수리했고, 토끼들을 잡았고, 결국에는 염소를 가진 사람을 찾아내 한 마리를 샀다. 그는 소리치고 울고 기도하는 목소리들과 한 번도 들어본 적 없는 소음들에 둘러싸여 살았던 시간들을 예전만큼 떠올리

지 않게 되었다. 자신의 주변에서 잠을 자고 살아가고 똥
오줌을 싸고 일하던 사람들의 몸들도 마찬가지였다.

여기서는 잠에서 깨어날 때도 잠이 들 때도 완전히 고요
했다. 비행기 한 대도 지나가지 않았다. 어쩌다 자동차나
탱크가 내는 엔진 소리가 들리기도 했으나 그런 일은 드물
었다. 한 번씩 땜장이의 수레가 골짜기 어딘가를 지나가며
내는 철커덕 소리가 들려올 뿐이었다. 동수는 풀이 자라
나는 모습을 계속 살폈다. 새들이 언제 돌아오는지도. 턱
수염을 길게 길렀다가 깎았고, 다시 길렀다. 어느 해 여름,
동수는 빛바랜 육군 기지 스티커가 붙어 있는 전축 한 대
와―어떻게 그 마을까지 흘러온 걸까?―음반 한 무더기
를 구해 음악을 들었다.

초저녁이면 가끔씩 과실주 한 병을 챙겨 골짜기 끝까지
쭉 걸어 내려가곤 했다. 자신이 틀어놓은 희미하지만 분명
하게 들려오는 음악 속에서, 그는 골짜기 바닥을 따라 흩
어져 있는 커다랗고 하얀 돌무더기를 발견했다. 전쟁의 흔
적이 아니라 그 훨씬 이전부터 있던 돌들이었다.

매일 밤 여기서 달이 뜨고, 기울고, 부서졌단다. 그러고는
스스로를 다시 만들어냈지.

어린 시절 들었던 그 이야기가 떠올랐다. 동수는 한 번도 그 이야기를 좋아한 적이 없었고, 어렸을 때는 이 장소에 오는 걸 피했었다. 그 이야기가 무서웠지만 민망해서 그렇게 소리 내 말하진 못했었다. 그는 부모님과 누나가 더 이상 자주 떠오르지 않는다는 걸 깨달았다. 하지만 그곳에 내려가서 그 하얗고 커다란 돌들 중 하나에 앉아 과실주를 마실 때면 그들이 떠올랐다. 이상하게도, 혹은 적어도 그가 느끼기엔 이상하게도, 가장 선명하게 떠오르는 기억은 그들의 손 아니면 손의 감촉, 그리고 누나의 머리칼에서 나던 달콤한 땀 냄새였다. 하지만 그들의 얼굴도, 목소리도 더는 기억나지 않았다. 이를테면 꿈속 같은 데서 그들을 본다면, 혹은 유령이라도 본다면 기억이 날 것 같았다. 하지만 그들은 꿈에는 나오지 않았다. 그들의 유령 역시 아직은 찾아오지 않고 있었다.

어느 날 밤 눈을 떠보니 맞은편 돌 위에 누군가가 몸을 웅크리고 앉아 있었을 때도 동수는 그렇게 생각했다. 동수가 그 농장에 살게 된 지도 몇 년이 지나 있었다. 과실주를 너무 많이 마시고 잠에 빠져버린 모양이었다. 저 위쪽 그의 집에서 틀어놓은 전축이 탁탁 튀고 있었다. 심장박동처

럼 정확하게 반복되는 소리였다. 너무 빨리 움직이면 환영
이 사라질 것 같아 동수는 천천히 일어나 앉았다. 놀라서
숨을 죽였지만 무섭지는 않았다.

유령은 달빛을 피해 앉아 있었다. 그 유령이 말을 했다.
"이리로 와서 그쪽을 찾으라는 말을 들었어."

"저를요?" 동수가 말했다.

"난 휴전선을 넘어가야 해."

남자의 목소리였다. 그 순간 동수는 맞은편에 앉은 남
자가 유령 같은 것과는 거리가 멀다는 사실을 깨달았다.
남자는 손가락 하나를 들더니 칼처럼 달빛을 찔렀다.

"눈은 어쩌다 그런 거야?" 남자가 물었다.

동수가 대답하지 않자 남자가 말을 이었다. "돈은 있어.
부탁이야. 난 휴전선을 넘어가야 해."

남자는 동수의 발치에 캔버스 백을 내던졌다. 가방이
쿵 하고 빈 과실주 병에 부딪쳤다.

"저를 다른 사람하고 혼동하신 것 같은데요." 동수가 말
했다. 상황을 파악하느라 이성이 빠르게 돌아가면서 술이
점점 깨고 있었다. 혀가 무겁게 느껴졌다. 술 때문이 아니
라 몇 달 동안 아무와도 대화를 하지 않았기 때문이었다.

남자가 일어서더니 동수가 있는 바위 위로 뛰어올랐다. 순간, 동수는 갑자기 거대해진 그 실루엣에, 낯선 사람이 그 토록 가까이 다가온 것에 충격을 받았다. 그래서 남자의 손이 자신의 어깨를 움켜쥐고, 권총이 갈비뼈를 파고들고 있다는 건 잠시 후에야 느낄 수 있었다. 마치 머리 위로 장막 하나가 드리워져 있어서 일어나는 모든 일이 조금씩 지체되는 것 같았다.

"부탁이야." 남자가 말했다. "난 휴전선을 넘어가야 해." 남자는 몇 년 동안이나 만나지 못한 가족을 언급했다. 그들과 어떻게 헤어졌고, 어떻게 연락이 끊겼는지를. 그들의 얼굴조차 기억나지 않는다는 것을. "그게 어떤 건지 상상이 가?" 남자는 소리쳤다. 그는 동수를 바위에서 집어 던지더니 그의 몸 위에 올라타고 때리기 시작했다. 동수가 얼굴을 가리자 매서운 주먹 하나하나가 손목에 부딪쳐왔다. 안대가 벗겨져 나갔다. 그 순간, 동수는 필사적으로 손을 뻗어 돌멩이 하나를 움켜쥐고 휘둘렀다. 돌은 남자의 머리 옆쪽을 정통으로 후려쳤다.

이제 동수는 남자의 몸 위에 있었고, 그 순간 권총이 발사되었다. 총소리는 생각보다 조용했다. 풍선 하나가 부드럽게 터지는 것 같았다. 온몸이 따뜻하고 축축해서, 동수는 처음에는 자기가 맞은 줄 알았다. 하지만 아래를 보니 그건 그의 피가 아니었다. 남자의 두 눈이 휘둥그레졌다. 동수는 발을 차 남자에게서 떨어져 나왔다. 두 사람은 떨어진 바위에 몸을 기댄 채 서로를 다시 마주 보았다.

"난 그냥 휴전선을 넘고 싶었을 뿐인데." 남자가 말하더니 딸꾹질을 했다.

동수는 아래를 내려다보았다. 이제 권총을 들고 있는 건 그였다. 그는 남자의 가슴에 총을 겨눴고, 남자가 다시 딸꾹질을 하자 방아쇠를 당겼다. 그러자 사방은 다시 고요해졌다. 멀리서 전축이 탁탁 튀는 소리만 계속 들려올 뿐이었다.

*

동수는 밤새도록 그곳에, 남자의 맞은편에 남아 있었다. 남자가 아직 살아 있을지 몰라서, 그리고 다른 누군가가 오지 않는지 보려고 기다렸다. 그러면서 귀를 기울였다. 그는 집 쪽으로 몸을 향하고 그 근처에 누군가가 있지 않

은지 확인했다. 하루쯤 걸어가야 나오는, 군인들이 있는
곳까지 들릴 만큼 총소리가 컸는지 기억하려고 애를 썼다.
하지만 소리가 그렇게 멀리까지 전해질 수 있는 거였는지
기억나지 않았다.

피난민 정착지에서는 나라를 반쯤 가로질러간 곳에서
터지는 폭탄 소리도 들렸다. 심야의 광기 속에서, 동수는
한 번은 어떤 소리든 나라 저쪽까지 전해질 수 있겠다는
생각을 했다. 심지어는 자신의 숨소리까지도. 아니, 유독
자신의 숨소리가 그럴 것 같았다. 그래서 동수는 스스로
숨을 멈출 수밖에 없었다.

또다시 그렇게 하지는 않았다. 지금은 숨을 쉬었다. 숨
을 쉬면서 기다렸다. 해가 떠올랐다. 그를 둘러싼 골짜기
의 모습이 선명해졌다. 바위들은 더욱 갈색이 되었고, 들
판은 녹색으로 변했으며, 사방에 있는 나무들은 가을의 시
작을 알리고 있었다. 그는 몸을 움직이려 했을 때에야 얼
마나 추운지 깨달았다. 온몸이 부서진 것 같았다. 권총이
그의 손바닥에 딱 붙어 있는 것처럼 느껴졌다. 안대는 캔
버스 백 옆에 떨어져 있었다. 그는 그리로 손을 뻗어 그것
을 다시 둘렀다. 그런 다음 처음으로 그 가방을 열어보았

고, 돈이 있는 걸 보고는 도로 닫았다.

이제 아침 햇빛 속에서 남자의 모습이 보였다. 동수보다 나이가 많아 보이는 남자였고, 아마 사십 대 후반쯤 된 것 같았다. 연필처럼 깡말랐고, 턱수염을 길렀다. 반죽에 가깝게 굳은 피가 그의 몸 앞쪽 전체를 뒤덮고 있었다. 마치 누군가가 페인트 한 통을 부어버린 것 같았다. 남자는 눈을 뜨고 있었다. 죽은 사람들이 다 그렇듯 그의 눈에서도 빛이 사라져 있어서 진짜처럼 보이지 않았다. 상처들에는 벌써 파리가 꼬이고 있었다.

동수가 처음으로 한 생각은 군인들에게 가야겠다는 것이었다. 아니면 시내로 나가야겠다고 생각했다. 그러다가 그들은 자신을 의심하고 자신의 이야기를 절대 믿어주지 않을 거라고 결론을 내렸다. 누군가가 물을 것 같았다. 그 남자는 왜 동수가 자신을 휴전선 너머로 데려다줄 수 있다고 생각한 거냐고.

그는 내일로, 그리고 그다음 날로, 또 그다음 날로 이어질 모든 길과 대로를 떠올렸다. 날이 점점 더 밝아왔다. 바람 한 줄기가 불어왔다. 여전히 아무도 없었다. 땜장이가 가까이에 있다면 수레가 철커덕거리는 소리가 먼저 들려올 것이었다.

동수는 억지로 몸을 일으켰다. 권총을 내려놓고 가방을 집어 든 다음 최대한 빨리 집으로 향해 갔다.

전축이 여전히 돌아가고 있었고, 바늘이 레코드판 한가운데를 긁고 있었다. 그는 그것을 그대로 두고 물 한 잔을 마셨다. 현관문 옆에 박힌 못에 가방을 걸었다가, 생각을 바꿔 돈을 꺼냈고, 뚝배기 속에 숨겨두었다. 그러고는 괭이와 삽을 한 자루씩 꺼내 들고 골짜기를 다시 내려갔다.

그는 시신이 거기 없을 거라고 거의 믿고 있었다. 그것이 거기 없기를 거의 바라기까지 했다.

하지만 물론 시신은 거기 있었다. 동수는 한 번 더 귀를 기울이며 주위를 둘러본 다음 돌들 옆쪽의 땅을 파기 시작했다. 오전 내내 그 작업을 했고, 마침내 권총과 그 남자와 빈 캔버스 백과 심지어는 과실주 병까지 묻었다.

그런 다음 동수는 골짜기를 다시 걸어올라가 바닥에 쓰러졌고, 그대로 잠들어버렸다.

*

그는 결국에는 누군가가 남자를 찾으러 올 거라고 생각했다. 매일같이 그 생각을 했고, 매일같이 그 일이 일어나기를 기다렸다. 하지만 그가 그 생각을 할수록 하루하루는 남자가 나타나기 전처럼 흘러갈 뿐이었다. 한 달이 지났다. 그리고 또 한 달. 저녁이면 그는 남자를 묻어둔 곳으로 걸어 내려갔다. 그러고는 과실주를 마시며 남자에게 말을 걸었다.

"누군가 올 사람이 있나요? 없어요? 왜 없지? 다들 휴전선 너머에 있어선가? 그것참 안됐네."

이런 말도 했다. "이제 우린 친구예요. 휴전선을 넘어가는 대신에 우리 부모님을 찾아줘요. 이제 그분들이 그쪽을 돌봐주실 거예요."

또 이런 말도 했다. "돈은 고맙게 받을게요. 그걸로 가축들을 사려고요."

그는 염소 한 마리를 더 샀고, 닭들과 돼지 한 마리도 샀다. 돼지는 그를 따라 집 안 곳곳을 돌아다녔다. 그는 돼지가 자신과 함께 바닥에 깐 요 위에서 자게 두었고, 가끔씩 잠에서 깨어나 만족스러워하는 그 짐승을 제 팔로 감싸고 있었다는 걸 알아채기도 했다. 그는 땅에 묻힌 남자에게 말을 거는 걸 그만두고, 대신에 가축들에게 말을 걸었다.

그는 땜장이에게서 새 안대를 샀다. 땜장이에게 안대 같은 건 없었지만, 동수가 부탁하자 군복에서 나온 천으로 그 자리에서 하나를 만들어주었다. 휴전선에서 온 소식은 없느냐고 동수가 묻자 땜장이는 어깨를 으쓱했다. 그는 대답 대신 교회에서 나온 승합차 한 대가 산 여기저기를 돌아다니고 있다고, 여기서 그리 멀지 않은 곳이라고 했다. 그 교회 사람들이 사람들의 집을 돌아다니며 도움이 필요한지 들여다보고, 그들을 돌봐주고, 삶을 재건하게 돕고 있다고.

온종일 비가 내린 다음 날이었던 어느 날, 동수는 미끄러져 발목을 심하게 삐었다. 며칠 동안 일을 할 수 없을 것 같았다. 그러자 그 교회 차가 떠올랐다.

발목이 충분히 낫자 동수는 마을로 걸어갔다. 미리 만들어둔 지팡이가 도움이 되긴 했지만, 네 시간이나 걸어가야 하는 길이라 마을에 도착했을 때는 통증이 되돌아와 있었다. 사람들 대신 편지를 써주는 서기를 발견한 그는 아직 교회 차가 마을을 지나가기 전이냐고 물었다. 서기가 고개를 끄덕이자, 동수는 교회 사람들에게 메시지를 남겨 줄 수 있느냐고 물었다.

일주일 뒤, 뒤쪽 비탈에서 움직이는 소리가 나서 동수가 나가보니 아이 두 명이 거기 있었다. 남자아이와 여자아이였다. 둘은 바지에서 흙을 털어내고 있었다. 그 애들은 자신들이 교회에서 나왔다고, 도움이 필요하면 기꺼이 일을 해드리겠다고 했다. 여자아이 이름은 은혜였고 열한 살이었다. 남자아이 이름은 운식이었고 열 살이었다.

동수는 그 애들에게 고아냐고 물었다. 그러자 은혜가 대답했다. "고아가 아니었으면 그 바보 같은 교회에 있었겠어요?"

그 말에 웃음이 나왔다. 동수는 은혜가 마음에 들었다. 그는 아이들에게 할 일을 알려준 다음 먹을 것을 주었고, 저녁에는 깔고 자라고 좀먹은 양모 담요를 바닥에 펴주었다. 불을 피웠고, 불 옆에서 따뜻하게 자라고 말해주었다.

동수는 일어나보면 아이들이 사라져 있을 거라 생각했다. 하지만 다음 날 아침에도 그 애들은 여전히 거기 있었다. 그리고 그날 밤에도, 그다음 날 아침에도 계속 있었다. 곧 아이들은 농장에서 살게 되었고, 이제 동수가 그 애들을 비공식적으로 입양하는 일은, 혹은 적어도 그래도 괜찮을지 물어보는 일은 그저 시간문제가 되었다. 그리고 그가 물었을 때, 아이들은 고개를 끄덕였다. 동수는 자신을 아버지라고 부를 필요는 없다고, 그런 건 기대하지 않는다고 했다. 그 애들은 그런 호칭을 쓰지는 않았다. 하지만 세월이 지나면서 동수는 두 아이가 서로를 동생과 누나라고 부른다는 걸 알게 되었다.

이제 동수는 혼자서 마을로 걸어가는 대신 두 아이를 보낼 수 있었다. 아이들은 가끔씩 요리를 했고, 서로에게 생일을 정해주고는 동수의 생일도 축하해주었다. 동수가 자기 나이를 절대 말해주지 않았는데도 그랬다. 동수는 대신 알아맞혀보라고, 그러는 게 더 재미있다고 했고, 두 아이는 동수의 실제 나이보다 훨씬 더 많은 나이를 댔다. 그 애들은 자신들이 만든 선물을, 혹은 설치된 전화선으로 가끔씩 통화하는 교회 사람들에게서 얻은 선물을 동수에게 주었다.

산길이 다시 놓였다. 집에도 골짜기에도 전보다 쉽게

접근할 수 있게 됐지만, 아무도 그들을 찾아오는 데는 관심이 없는 것 같았다. 그곳은 잊힌 장소였다. 동수는 그렇게 생각했다. 그는 두 아이가 그 사실에 신경을 쓰는지 궁금했지만, 그 애들이 말을 하지 않아서 알 수 없었다. 그 애들은 초저녁이면 동수와 함께 골짜기 바닥에 돌들이 놓여 있는 곳까지 걸어갔다. 그러던 어느 날, 운식이 돌 중 하나의 표면에서 칼로 새겨놓은 작은 흔적을 발견했다. 저녁이면 그리로 걸어 내려가 앉아서 말을 하곤 했던 그해에 동수가 정신없는 상태에서 새겨놓았던 것이었다.

동수는 무슨 말을 해야 할지 알 수 없었다. 그리고 그 알 수 없음은—정착지에서 그 옆에 누워 있던 남자가 말을, 울음을, 헐떡임을 멈추지 않았던 그 밤들에 그랬듯—그의 마음속에서 좌절로 변해 피어났다. 동수는 운식의 셔츠 칼라를 붙잡고는 그건 네가 상관할 바가 아니라고, 네가 그 일에 대해 뭘 아느냐고 했다.

달빛 속에서 운식의 몸이 뻣뻣해졌다. 아이는 처음에는 골짜기를 내려다보았고, 그다음에는 은혜를 바라보았다. 은혜는 양 무릎을 세워 가슴께로 끌어 올리고 있었다. 순간, 은혜의 그런 모습을 본 동수가 손아귀 힘을 풀었다.

그는 목소리를 가다듬고, 운식의 머리칼을 헝클어뜨렸다. 그러고는 은혜의 무릎을 가볍게 두드렸고, 몸을 앞으로 기울인 다음 두 아이 모두에게 자신의 아내가 거기 묻혀 있다고 했다.

그러고는 말했다. 전쟁의 혼돈 속에서는 사람을 묻을 수 있는 곳이면 어디든 묻었다고. 아내가 여기 고향에 묻힐 수 있어서 자신은 운이 좋았다고.

그게 그가 처음이자 마지막으로 그 애들에게 한 거짓말이었다.

"여기 묻히고 싶으세요?" 운식이 물었다. 운식은 이제 동수를 돌아보고 있었다. "세상을 떠나게 되시면요?"

은혜가 운식을 찰싹 때리며 계속 그렇게 버릇없게 굴 거냐고 했다. 하지만 동수는 허공에 손사래를 쳤고, 그날 저녁 그 질문에 대해 생각하며 약간의 시간을 보냈다.

"그래." 그는 말했다.

*

그 대화를 하고 나서 얼마 지나지 않은 어느 날, 동수가 가축들에게 먹이를 주고 있는데 그림자 하나가 몸 위로 스쳐가는 게 느껴졌다. 골짜기에서 운식이 한 남자를 이끌고 집 쪽으로 올라오고 있었다. 동수는 그들이 돌들을 헤치고 비탈을 올라오는 걸 지켜보았다.

그는 옆에 있던 은혜에게 집 안으로 들어가서 그 남자가 갈 때까지 나오지 말라고 했다. 그는 이 말을 은혜가 한 번도 들어본 적이 없는, 전에 그 애의 남동생에게 소리쳤던 것과는 매우 다른 어조로 했다. 이번에는 다급하면서도 절제된 목소리였다. 그래서 은혜는 그가 시키는 대로 문을 밀어 닫고 덧문을 내렸다.

동수는 칼을 꺼내 칼날을 점검한 다음, 등 뒤 허리끈 밑에 칼을 끼워 넣었다.

멀리서도 그 남자가 이곳 사람이 아니라는 걸 알 수 있었다. 남자는 새 옷인 게 분명해 보이는 시골 옷을 입고 있었다. 오랫동안 걷는 데 적합해 보이지만 한 번도 입은 적이 없는 듯한 옷이었다. 셔츠는 너무 빳빳했고, 모직 조끼는 너무 새것처럼 보였으며, 부츠에는 닳은 흔적이 하나도 없었다. 그리고 더 가까이서 보니, 남자는 분명 한때는 정부 관계자처럼 단정하게 잘랐던, 하지만 이제는 길어버린

머리 모양을 하고 있었다. 그런데 어느 쪽 정부일까? 북
쪽? 아니면 남쪽?

낯선 남자는 집 앞에 도착하자 손수건으로 이마를 닦더
니 자신이 올라온 길을 내려다보고는 말했다. "여긴 시간
이 비껴간 곳 같군요. 제가 숨어야 한다면 여기 숨겠습니
다. 너무나 아름다운 시골이네요."

동수는 자신은 숨어 있는 게 아니라고 그에게 말했다.
그러자 남자는 다시 이마를 닦더니 씩 웃었다. 문과 창문
이 닫혀 있는 걸 알아챈 운식은 동수가 안으로 들어가라고
하자 고개를 숙였다. 남자는 운식에게 자신을 마을에서 이
곳까지 데려다줘서 고맙다며 동전 몇 개를 주었다. 동전을
받은 운식은 서둘러 안으로 들어갔다.

그러자 낯선 남자는 고개를 숙이며 부디 양해해달라고,
자신은 몇 년 전에 사라진 삼촌을 찾고 있는데 마지막으로
목격된 곳이 이 산이라고 했다.

"산이라면 많습니다." 동수가 말했다.

"그러게요." 낯선 남자가 말했다. "상당히 많네요."

낯선 남자는 가축들이 있는 곳으로 걸어가 자세히 들
여다보았다. "삼촌은 집에 한 번도 안 왔어요." 그는 말했

다. "전쟁이 끝나고 삼 년쯤 지나서였을 겁니다. 이쪽으로 왔을 거예요."

동수가 어디서 왔느냐고 물었지만 남자는 대답하지 않고 이야기를 계속했다. "삼촌은 비탈을 올라와서 이 산마루를 지나 골짜기로 들어갔을 거예요. 그때는 길이 엉망이었으니까요. 기억나실 겁니다. 폭탄이랑 포격으로 생긴 구덩이가 사방에 널려 있었잖아요. 선생님도 틀림없이 아시겠지만, 사람들은 짐승들이랑 아무도 찾아가지 않는 시신들을 그 구덩이 안에 묻었죠. 그러고도 구덩이가 가득 채워지지 않으면, 뭐든 다른 것들도 채워 넣었고요. 돌이든 자루, 양철 드럼통, 나무 같은 것들을요. 그래야 차량들이 지나갈 수 있었거든요. 보급품이랑 타이어, 콘크리트, 가축을 실어 나르는 수송 차량들이 전국을 오가야 했으니까요. 돼지 한 마리가 또 다른 돼지의 뼈들 위로 지나갔죠. 대단하지 않나요? 그때는 그런 게 재건이었어요. 하지만 선생님도 그건 아시겠죠. 전쟁 때 어느 수용소에 계셨나요? 혹시 부산에 계셨나요? 빈민가 정착지 중 한 곳에? 없어진 사람을 찾아야 했던 일이 한 번이라도 있으셨어요? 그럴 때 거기서는 사십 계단으로 가면 됐죠, 안 그런가요? 부산에서 사람을 찾으려면 가는 곳이 거기니까요. 모두들 알고 있었죠. 항구 근처의 그 계단 위에서는 아코디언 연주자가 노래를 연주하는 걸 들으면서, 아니면 노점상에서 뻥튀기를 사면서 소중한 사람을 찾을 수도 있었죠. 아시겠지만 선생님은 운이 좋은 분입니다. 추방당했지만 안전하시잖아요. 서로로부터, 그리고 그 하찮은 탐욕이며 시시한 드라마들로부터는 안전하지 않을지 몰라도, 더 큰 광기로부터는 안전하시죠. 그 광기로부터 안전해질 수만 있다면 전 일평생 기꺼이 추방당해 사는 삶을 택할 겁니다. 하지만 저희 삼촌은 그러지 못하셨어요. 삼촌은 전쟁에서 살아남았지만, 전쟁은 나중에, 다 끝난 다음에 그분을 데려가버렸죠. 그 눈은 어쩌다 그렇게 되신 건가요?"

동수는 등 뒤의 칼로 손을 뻗고 있었다. 그러면서 낯선 남자의 말에 귀를 기울이며 자신이 그보다 빨리 움직일 수 있을지 생각했다. 그가 절대로 집에 들어가지 못하게 하려면 어디에 몸을 위치시켜야 할지도 생각했다. 그는 남자에게 물었다. 전쟁이 다 끝난 다음에 전쟁이 그의 삼촌을 데려가버렸다는 게 무슨 뜻이냐고.

낯선 남자가 잠시 말을 멈췄다. 그는 등 뒤로 돌아간 동수의 손을 알아차리지 못한 척하고 있었지만, 연기 실력이 형편없었다. 남자는 다시 한 번 고개를 숙이더니 동수에게 양해를 구했다. 그러고는 자신은 먼 길을 걸어왔고 여러 해 동안 삼촌을 찾느라 지쳐버렸노라고 말했다. 혹시 친절을 베풀어 물 한 잔만 주실 수 있느냐고 했다. 동수는 자기가 쓰던 잔을 꺼내 펌프로 가져갔다. 남자는 꿀꺽꿀꺽 물을 마시고는 손수건으로 입을 닦았다. 그러더니 세 번째로 고개를 숙이면서 두 손으로 잔을 돌려주었다.

"사모님 이야기는 유감입니다."

동수는 자신의 얼굴에 어떤 감정이든 드러났는지 알 수가 없었다. 하지만 남자는 소년에게서 저 아래 무덤이 있다는 이야기를 들었다고 했다. "달은 뜨고," 남자는 말했다. "기울고, 부서지죠. 그러고는 스스로를 다시 만들어내고요."

그는 네 번째로, 이번에는 그리 깊지 않게 고개를 숙였다. 그러더니 아무 말도 없이, 작별 인사조차 하지 않고 집을 돌아 산마루 너머로, 산 반대편으로 내려가는 길로 이어지는 숲속을 향해 걸어갔다.

*

　동수는 그 낯선 남자를 두 번 다시 보지 못했다. 그 말고 다른 사람이 찾아와 실종된 누군가에 관해 묻는 일은 없었다. 하지만 그 이상하고 불안했던 만남은 남은 평생 동안 동수의 가슴속을 윙윙 울렸다. 처음에 그것은 심장 속에 갇힌 파리 한 마리 같아서 무시하는 법을 배울 수 있었지만, 나중에 동수가 더 나이가 들자 그것은 마치 갈고리발톱처럼 가슴속을 날카롭게 파고들었다.

　동수는 때때로 골짜기에 아예 내려가지 않으려 하거나 집을 나서지 않으려 했다. 그럴 때면 그는 자리에 앉아 바깥을 내다보거나 마당을 왔다 갔다 했고, 더 이상 아이들이 아니게 된 아이들이 집 안의 모든 일을 하게 두었다. 그 애들이 힐끔힐끔 쳐다보는 걸 못 본 척했고, 그 애들이 만들어준 음식을 먹었고, 다시 밖에 나가 앉아서 골짜기 바닥을 뚫어져라 바라보았다.

　그런 감정이 사라지고 하루하루를 되찾을 수 있을 것 같아 보이던 시기도 있었지만, 그러다가도 그 낯선 남자의 얼굴이나 목소리가 꿈속에 다시 나타났다. 짐승들의 뼈에 계속 발이 걸려 넘어져서 자신이 빠져버린 구덩이 위로 절대 올라갈 수가 없는, 그리고 저 위 높은 곳에서는 실루엣 하나가 그를 내려다보고 있는 꿈이었다.

어느 날 돼지 한 마리가 죽었을 때 동수가 운식에게 손찌검을 한 건 그래서였는지도 모른다. 아니면 죽어가는 돼지에 대한 슬픔 때문에 그런 불합리하고 무모하고 저만 아는 행동을 하게 된 것인지도 모른다. 동수가 발견했을 때 그 돼지는 풀밭 위에 누워 있었다. 자는 사이에 평화롭게 죽은 것 같았다. 동수는 곧바로 운식에게로 갔다. 그러고는 운식을 때리고 집 옆쪽 벽으로 밀쳤고, 꽉 쥔 주먹을 그 애에게 날렸다. 운식이 비틀거리며 눈을 떴다. 아이의 얼굴에 곧바로 충격과 혼란이 가득 찼다. 운식은 막 머리 위로 무너지려는 벽을 떠받치려고 애쓰는 것처럼 양손을 뻗었다. 동수가 한 번 더 주먹을 날린 건 그때였다. 그런 다음 동수는 운식의 코가 찢어질 때까지 계속 주먹질을 했다. 말없이, 자신이 때리고 있는 게 누군지도 잊어버린 채로 그 모든 행동을 했다. 시야가 캄캄해지고, 은혜가 뒤에서 비명을 지르며 그의 등을 너무도 힘껏 할퀴는 바람에 셔츠가 찢어지고, 그 애의 손톱이 살을 파고들어 피부에

강줄기 같은 상처들이 생기는데도 알아차리지 못하면서.

그 무렵 은혜는 열일곱 살이었으니 젊은 여자라고 해도 될 나이였다. 그날 밤 은혜는 동수가 평소보다 조금 더 오랫동안 자신을 쳐다보는 걸 알아챘다. 그날 동수의 내면에서 어떤 폭풍이 일어났는지는 몰라도 그는 그 영향하에 있었다. 은혜는 혼자서 돼지를 묻어준 다음 방 건너편에서 남동생을 돌봐주고 있었다. 따뜻한 물에 적신 천으로 더 이상 알아볼 수 없게 된 운식의 얼굴을 닦아주는데, 머리칼 한 가닥이 얼굴에 흘러내렸다. 은혜가 머리칼을 귀 뒤로 넘기는데 동수의 시선이 느껴졌다. 방 건너편에 있는 그에게서 밀려오는 낯선 열기는 마치 아주 늙어서 둔해진 곰에게서 나오는 것 같았다. 여러 생을 살아온 끝에 이제는 지치고 성마른 눈빛을 하고 동굴 속에서 지켜보고 있는 곰 한 마리.

오래지 않아 남매는 떠났다. 함께 떠난 건 아니었다. 한쪽 눈의 시력을 부분적으로 잃은 운식은 어느 날 밤 동트기 전에 몰래 빠져나갔다. 쪽지 대신 은혜에게 자신이 접은 종이배—땜장이에게서 접는 법을 배운 것으로, 처음 종이배를 보았을 때 운식은 마술 같다고 생각했다—하나와 은혜가 그에게서 항상 슬쩍했던 양말을 남겨두고서.

두 사람은 서로를 다시 보지 못할 것이다. 은혜는 운식이 살아갈, 나름의 모험도 있는 여러 삶을 알 길이 없을 것이다. 운식은 처음에는 남해안에서 부두 노동자로, 다음에는 제주도에서 어부로 일하게 된다. 그는 그곳에서 어느 유부녀를 임신시키게 되고, 그 일 때문에 여자와 아이 모두를 떠나야 하게 되고, 독일 함부르크로 가는 배에 오르게 된다. 그러고는 그곳의 항구에서 크레인을 조종하는 일을 하며 남은 평생을 보내다가, 어느 날 술집에서 일어난 싸움에서 깨진 병에 목이 베여 죽게 된다.

그 모든 세월 내내, 운식은 자신의 누나가 자신과 같은 날에 눈이 한쪽만 보이는 농부와 그들의 보금자리였던 집을, 그리고 골짜기를 떠났다는 걸 끝내 알지 못할 것이다. 은혜는 처음에는 마을로 걸어가 미친 듯이 동생을 찾아 헤매게 되고, 그런 다음에는 서기의 차를 얻어 타게 된다. 이제는 은퇴한 서기는 휴전 기념일을 맞아 전쟁 기념비를 찾아가던 길이었다. 은혜는 전쟁 기념비 앞에서 다른 차를, 그런 다음 또 다른 차를 얻어 탔다. 어느 순간부턴가 운식을 찾고 싶은 욕망과, 계속 움직이고 움직이고 또 움직이고 싶은 새로운 욕망이 함께 겹쳐진 채로.

일주일 뒤, 은혜는 결국 작은 도시 대구에 도착해 그곳에서 이십 대의 거의 모든 시간을 보내게 된다. 그곳에서 하루하루는 전보다 훨씬 빠르게, 마치 뛰어오르는 어린 짐승처럼 날쌔게 지나가게 된다. 은혜를 골짜기로 보냈던 교회가 그 도시에 기반을 두고 있었는데, 이번에는 은혜를 어느 약국과 연결해주었다. 은혜는 그 약국에서 일주일에 사흘 동안 금전등록기를 맡아 일하게 되었다. 강 근처에 있는 여성 전용 하숙집에서 방 하나도 찾아 빌렸다. 불면증이 찾아왔다. 매일 밤 은혜는 옥상으로 올라가 담배를 피우며 이웃집에서 들려오는 라디오방송에 귀를 기울였다. 라디오에서는 로큰롤 음악만 트는 미군 방송이 항상 너무도 요란하게 흘러나왔다. 은혜는 강과 도시를 바라보며 처음에는 천천히, 그러다 점점 빠르게 하나의 사실을 알아차렸다. 그들이 그 '잊힌' 골짜기에서 살아오는 동안 이 나라는 극적으로 변화해왔고, 지금도 은혜의 눈에 보이거나 보이지 않는 여러 방식으로 변화하고 있다는 사실을.

어느 날 밤, 하숙집의 한 여자가 은혜에게 춤추는 걸 좋아하느냐고 물었다. 은혜는 춤을 출 줄 몰랐다. 그 농장

집에서도—그런 음반들이 있었는데도—혹은 그 전에도 한 번도 춤을 춰본 적이 없었다. 하지만 어쨌거나 그 여자를 따라갔고, 그들은 손을 잡은 채 경찰을 피해 서둘러 도시의 변두리로 향해 갔다. 그곳의 어느 버려진 공장 지하실에 있던 아치형 벽돌 구조물 밑에서 여자의 손을 놓은 은혜는 그 자리에 얼어붙어버렸다. 소리의 벽과—그런 게 재즈일까?—그림자로 이루어진 숲이 은혜를 마주하고 있었다. 실내의 모든 사람은 하수구에서 나는 악취를 모른 척하며 두 팔을 휘젓고, 허리를 비틀고, 뛰어오르면서 춤을 추고 있었다.

그곳은 은혜가 여러 해에 걸쳐 계속 찾아오게 될 공간이었다. 은혜는 통행금지 시간이 다 되도록 그곳에 머무르며 울려 퍼지는 음악에, 모여 있는 사람들에게, 한순간의 혼란과 폐소공포증에, 그리고 그것이 이끌어내는 충만한 낙관에 삼켜지기를 갈망하게 될 것이었다.

은혜는 교회와 계속 연락을 유지했다. 주말이면 교회에서 열리는 지역 사회 저녁 식사 모임을 도왔고, 노숙인들을 여기저기 차에 태우고 다니며 약을 타고 백신을 맞혔다. 북한에서 태어났으나 휴전선 방벽이 세워진 뒤로 끝내

고향에 돌아가지 못한 노인들을 만났다. 간호사와 광부가되어 평생 벌어온 돈보다 많은 돈을 벌기 위해 독일로 가려는 사람들을 만났고, 때로는 친절하지만 또 때로는 잔인하고 추악하고 어리석기도 한 미군 기지의 병사들도 만났다. 새로 들어선 정부를 지지하는 사람들을 만났고, 그들과 또 다른 전쟁을 벌이고 싶어하는 사람들도 만났다. 시위를 지켜보았고, 시위를 피해 달아났고, 나중에는 경찰한 명이 한 무리의 소년들을 벽에 줄지어 세워놓고 허리춤에서 가위를 꺼내 규정보다 이삼 센티미터쯤 긴 그 애들의머리칼을 자르는 걸 바라보았다.

은혜는 모아둔 돈으로 시내를 한 바퀴 도는 버스를 탔다. 그저 무엇이 지어지고 있고, 사람들이 무엇을 방치하고 포기해왔는지 확인하기 위해서였다. 은혜는 가능한 한많은 길짐승들에게 먹이를 주었고, 스스로를 운동권, 지식인, 음악가, 화가라고 칭하는 대학생들과 대화를 했다.그러다 어느 날 호텔 프런트에서 일하는 한 여자를 만났다. 그 여자는 은혜가 자신들의 호텔로 와서 일했으면 좋겠다고, 전국에서, 그리고 때로는 외국에서 온 각양각색의 사람들을 만나게 될 거라고 했다. 그 사람들은 양말이나 초콜릿처럼 종종 직원들이 가져갈 수 있는 물건들을 남겨두고 간다는 말도 했다. 그 여자는 그 말을 하면서 윙크를 했다.

그때쯤엔 골짜기를 떠난 지도 십 년이 넘어 있었다. 은혜는 그 호텔 로비에서 야간 근무를 하면서 스물여덟 살 생일을 맞았다. 통행금지 때문에 아무 일 없이 지나 보냈지만, 은혜는 그 로비에 있는 게 좋았다. 예쁜 조명들이, 하수구 냄새 같은 건 전혀 나지 않는 그 공간이, 로비 창문으로 보이는 텅 빈 도시의 풍경이 좋았다.

은혜는 다시금 고요함을 음미하는 법을 배웠다. 그 밤들. 언제나 낙서를 할 메모장이 있었다. 손님이 남겨두고 간 일본 만화책도 한 권 있었는데, 은혜는 일어를 읽을 수는 없었지만 그림이 든 칸들은 재미있게 들여다보았다. 몇 장만 넘기면 1980년이 되는 달력도 있었다. 은혜에게는 말도 안 될 만큼 낯설게 느껴지는 시간이었다.

그리고 은혜는 거의 매일같이 한 가지 사실을 의식하고 있었다. 자신이 이십 년 전에는 상상할 수도 이해할 수도 없었을 삶을 살고 있다는 사실이었다. 그때 그 여자아이는 어디로 갔을까?

어느 늦은 밤, 호텔에 있던 은혜는 정확히 이유를 알지 못한 채 전화기를 집어 들었고, 잊지 않고 있던 번호를 돌렸다. 골짜기의 집으로 연결된 전화선 저편에서 동수가 전화를 받자, 은혜는 잠깐 가만히 그의 숨소리를, "여보세요, 여보세요?"라고 말하는 그의 목소리를 듣다가 전화를 끊었다.

며칠 뒤 은혜는 다시 전화를 걸었고, 끊었고, 한 번 더 전화를 걸었고, 또다시 걸었다. 그렇게 자주는 아니었다. 아마 한 달에 한 번쯤이었을 것이다. 동수는 언제나 전화를 받았다. 그는 "여보세요, 여보세요?"라고 말했고, 결국 은혜는 그의 말에 대답했고, 그들은 이야기를 시작하게 되었다.

그렇게 해서 은혜는 자신들을 돌봐주었던, 눈이 한쪽만 보이는 그 농부와 다시 연락하게 되었다. 그들은 일 년에 두세 번쯤, 대체로 명절이나 농부의 생일 즈음에 통화를 했다. 과거나 그때 있었던 일들, 혹은 그들이 서로에 대해, 그리고 그 옛날에 대해 갖고 있는 기억에 관해서는 결코 이야기하는 법이 없었다. 대신에 그들은 사소한 일상에 관해 이야기를 나눴다. 동수에게 닭 몇 마리가 새로 생겼다

거나, 서기가 세상을 떠났다거나, 땜장이도 세상을 떠났
다거나, 은혜가 어떤 만화책을 다 읽었는데 동수도 좋아할
것 같다거나 하는 이야기였다.

왜?

거기 돼지가 나오거든요.

침묵이 흘렀다. 동수의 숨소리가 들려왔다. 남한이 언
젠가 올림픽을 유치하려고 추진하고 있다는 소문이 들린
다고 은혜는 말했다. 은혜는 그 소문을 들었지만 믿을 수
없었다. 언젠가 전 세계 사람들이 이곳에 올 거라니. 전
세계 사람들이. 은혜는 하마터면 웃음을 터뜨릴 뻔했다.
은혜는 메모장에 펜을 톡톡 두드렸다. 그런 다음 동수가
대답하지 않자, 비밀 한 가지를 그에게 말해주었다. 아무
에게도 말하면 안 되는 것이었지만, 동수가 누구에게 말을
하겠는가?

자신이 일하는 호텔에 외교관들이 묵게 될 거라고 은혜
는 말했다. 은혜가 맞이해야 할 중요한 고객이었다. 은혜
는 그 일로 신경이 예민해져 있었다. 사실 은혜는 외교관
이 뭔지도 몰랐다.

"그 사람들이 염소라고 생각해보렴." 동수가 말했다.

"염소요?"

"그러면 넌 차분해지곤 했어. 산에 있는 염소들을 보면. 무섭거나, 악몽에서 깨서 울고 있거나, 엄마가 보고 싶거나 할 때면."

은혜는 그런 기억이 전혀 없었다. 이후 도착한 외교관들을 맞이하고, 이듬해에 그 호텔에 다시 찾아온 다른 몇몇 고객들을 맞이하겠지만, 그 일들을 전혀 기억하지 못하게 될 것과 마찬가지로. 은혜는 근무를 끝낸 다음 강 근처 누군가의 집에서 몇몇 사람을 만났다. 그곳에는 재즈밴드가 와 있었다. 피아노와 트럼펫이 천천히 떨어지는 잎사귀를 연상시키는 소리로 울리고 있었다. 시간 감각이 사라졌다. 시간은 늦어져서 통행금지 시간이 거의 다 되어 있었다. 버스들은 운행을 중단한 뒤였다. 은혜는 걸어가면 된다고 생각했고, 그렇게 했다. 강변을 걷는 동안 음악이 뒤따라왔다. 뒤에 무언가가 있는 게 느껴졌지만, 은혜는 무시하려고 애를 썼다. 뒤를 돌아보니 그리 멀지 않은 곳에 두 사람의 실루엣이 보였다. 그들은 은혜 쪽으로 걸어오고 있었다.

강변도로에 그들 말고 다른 사람은 없었다. 가게들은

닫혀 있었다. 은혜는 멀리서 들려오는 사이렌 소리를 알아챘다. 다시 한 번 뒤를 돌아보니 그들은 여전히 따라오고 있었다. 은혜는 도망칠까 생각했고, 도망치려고 했지만, 그 자리에 얼어붙었다. 언젠가 시간이 흐른 뒤에 은혜는 이 장면을 떠올리게 될 것이었다. 자신이 그 길 한복판에 얼마나 오랫동안 멈춰 서 있었는지는 기억하지 못한 채 말이다. 은혜의 몸은 피할 수 없는 운명을 기다리기라도 하듯 꼼짝도 하지 못했다. 은혜는 자신이 왜 그런 것을 기다리고 있는지 의아해졌고, 비명을 지르고 싶었지만 지를 수가 없었다. 두 남자는 은혜 뒤로 빠르게 다가오더니 지나쳐 갔다. 은혜 쪽은 쳐다보지도 않고, 자신들만의 세계에서 사적인 대화에 몰두한 채로. 그들은 헤어지기 전에 잠시 손을 잡았다. 한 명은 계속 길을 걸어갔고, 다른 한 명은 다리를 건너가다가 이내 달려가기 시작했다. 그는 마치 은혜의 동생처럼 성큼성큼 달려갔고, 한 번 멈춰 서서 뒤를 돌아보았고, 멀리 보이는 은혜가 자신의 애인이라고 생각했는지 무모한 행복감에 젖어 은혜의 실루엣을 향해 손을 흔들었다. 그 순간 시계가 자정을 쳤다.

그로부터 얼마 지나지 않아 은혜는 주말에 휴가를 내고 북쪽으로 가는 버스를 탔다. 도시를 떠나자 가을이 왔다는 증거가 드러나기 시작했다. 나무들의 색이 더 짙어지고 강렬해졌다. 옆자리 여자는 한쪽 팔을 다쳤는지 팔걸이 붕대에 걸고 있었는데, 도시 외곽을 충분히 벗어나자 팔을 빼더니 뜨개질을 하기 시작했다. 여자는 버스가 북쪽으로 달리는 내내 뜨개질을 했다. 무엇을 만들고 있는 건지 은혜로서는 알 수 없었지만 말이다. 버스가 덜컹거릴 때마다 팔꿈치가 서로 닿았지만 두 사람은 아무 말도 하지 않았다. 은혜가 먼저 내렸다.

산길 어귀에 도착한 은혜는 걸어가기 시작했다. 길은 이제 완전히 포장되어 있었다. 차와 트럭이 옆을 빠르게 달려가는 동안 은혜는 길가에 바짝 붙어 걸었다. 가벼운 비가 내리기 시작했다. 비라기보다는 안개에 가까웠다. 비는 불쾌하지 않았고, 곧 그쳤기 때문에 젖을 정도는 아니었다. 은혜는 스웨터에 맺힌 구슬 같은 빗방울들을 털어내다가 잠시 멈춰 섰다. 어딘가에서 노랫소리가 들려왔다.

누군가가 부르는 콧노래인 줄 알았는데, 알고 보니 새소리였다.

오두막집에 도착해보니 가축이 한 마리도 없었다. 아무도 대답하지 않아서 은혜는 집 안으로 걸어 들어갔고, 동수가 벽에 기댄 채 바닥에 놓인 다과상 옆에 책상다리를 하고 앉아 있는 걸 보았다. 동수의 입은 벌어져 있었고, 한쪽 손은 가슴을 움켜쥐고 있었다.

그가 세상을 떠난 지 얼마나 됐는지는 알 수 없었다. 은혜가 그와 통화하지 않은 지도 몇 달이 지나 있었다. 하지만 숨이 끊어진 건 최근으로 보였다. 희미한 냄새가 났고, 은혜가 다가가자 파리 한 마리가 윙 하고 멀리 날아갔지만, 그것만 아니면 그는 마치 잠들어 있는 것 같았다. 가슴을 움켜쥔 손만 빼면―심장마비였을까?―평화롭게 거기 앉아 있는 듯 보였다. 완전히 백발이 된 머리칼은 단정하게 빗겨 있었고, 빗은 가슴에 달린 주머니 속 손수건 앞에 꽂혀 있었다.

유일하게 이상하게 느껴지는 건 그가 안대를 하고 있지 않다는 것이었다. 은혜는 혹시 그가 안대를 안 한 지 좀 됐던 건지 궁금했다. 안대를 하지 않은 동수의 모습은 한 번도 본 적이 없다는 생각이 떠올랐다. 자신은 그의 정확한 나이를 모른다는 생각도 떠올랐다. 일흔을 넘지는 않았을 테지만 말이다.

은혜는 무릎을 꿇고 앉아 앞으로 몸을 기울이고 그를 자세히 들여다보았다. 두려움이 느껴지기를 기다렸지만, 두려움은 끝까지 찾아오지 않았다. 은혜는 그의 가슴에 놓인 손을 치우려고 애를 썼지만, 몸이 이미 너무 뻣뻣해져 있었다. 은혜의 몸이 다과상에 부딪혔다. 거기 놓인 찻잔에 가득 담겨 있던 차가 조금 흘렀다. 은혜는 찻잔 속에 손가락을 넣어보았고―차가웠다―그 손가락을 입에 넣을 뻔하다가 멈췄다. 그러고는 몸을 돌려 귀를 기울였다. 아무 소리도 들려오지 않았다. 은혜는 동수를 다시 바라보았다. 가슴에 올린 손과 한쪽 눈이 있었던 곳에 둥글고 시커멓게 물든 피부를. 은혜는 찻물이 묻은 손가락들을 비비고 냄새를 맡아본 다음 손을 닦았다.

집 안 곳곳을 찾아봤지만, 집은 늘 보던 모습 그대로였다. 은혜와 동생이 청소를 했던 옛날만큼 깨끗하게 정돈돼 있지는 않았을지 몰라도, 나머지는 똑같았다. 전축이 있었고, 동수의 지팡이가 있었고, 요는 그가 또다시 밤과 아침을 맞을 것처럼 돌돌 말려 있었다. 유일하게 없어진 건 그의 안대였다. 은혜는 다시 한 번 집 안을 돌아다니며 그것을 찾아봤지만 찾을 수 없었다. 결국 은혜는 청소를 조금 하고 찻잔을 가져가 비운 다음 다시 동수의 앞에 한동안 앉아 있었다.

은혜는 주머니에서 그 옛날 동생이 남겨주고 간 종이배를 꺼냈다. 처음으로 그 종이배를 펴보았다. 거기에는 아무것도 없다는 걸 알았지만, 그래도 언제나처럼 무언가를 기대하면서. 매일 밤 잠이 오지 않을 때면 옥상에서 강물을 내려다보며, 누군가가 부르는 로큰롤 음악에 귀를 기울이며, 종이배를 찢어버리고 싶었지만 그러지 못했던 일을 떠올리면서. 이제 은혜는 텅 빈 종이를 다과상 위에서 반반하게 편 다음 그곳에 두었다. 오래전에 동수가 그들 두 사람에게 했던 말을 떠올리면서.

은혜는 전화선을 뽑았다. 창문들을 닫고, 동수를 한 번 더 돌아본 다음 밖으로 나가 삽과 괭이를 찾아냈다.

돌들이 있는 골짜기 바닥에 도착했을 때는 해가 지고 있었다. 은혜는 칼로 새긴 흔적이 있는 돌을 찾아냈고, 몇 걸음 옆으로 물러난 다음 땅을 파기 시작했다. 부츠로 삽을 밟아 흙 속에 박아 넣으며 땅을 팠고, 바위들이 나오자 괭이를 사용했다.

날이 어두워졌다. 추위 속에서도 땀이 흘러내렸다. 달이 떠올랐고, 삽이 흙도 바위도 아닌 무언가에 부딪쳤을 때, 은혜는 치음에는 그 소리를 듣지도, 무언가를 느끼지도 못했다. 달빛이 자리를 옮겼을 때, 은혜는 들어 올린 삽을 다시 박아 넣을 준비를 하고 있었다. 그러다가 멈췄다. 무릎을 꿇었다. 은혜는 흙을 털어낸 다음, 커다랗고 무거운 자루 하나를 그곳에서 들어 올려 감겨 있던 끈을 풀었다.

자루 안에는 모아놓은 짐승 뼈가 한가득 담겨 있었다. 은혜는 아마도 갈비뼈 아니면 다리뼈로 보이는 뼈 하나를 집어들었다. 그리고 무언가 작은 짐승, 아마도 토끼의 것으로 보이는 두개골도 있었다. 염소의 두개골도. 발굽들도. 그 뼈들이 얼마나 오래된 것인지, 혹은 그것들을 묻어 놓은 사람이 동수인지조차 알 수 없었다. 혹은 그것들은 동수나 은혜의 역사보다도 훨씬 더 오랜 역사를 지닌 뼈들이었을까.

은혜는 돌들 중 하나에 올라앉아 이곳을 스쳐가며 살아

갔을 수많은 동물들을 떠올렸다. 돌봄을 받고, 먹히고, 풀려나고, 버려지고, 포화와 포격에 휩싸이고, 도망치고, 겁에 질려 몸이 굳어지고, 태어나고, 살고, 서로와 함께 노닐고, 숨을 쉬었을 동물들을.

몸이 아려왔다. 은혜는 땅을 계속 파야 할지 의문이 들었다. 자신이 하고 있는 일이 어리석고 무책임한 일은 혹시 아닌지도.

운식이 여기 있었으면 좋겠다고 생각했다. 그 애는 어디 있을까. 요즘은 어떤 모습을 하고 있을까. 바로 지금 그 애는 혼자일까, 혹은 누군가와 함께 있을까. 어느 날 잠에서 깬 은혜는 그 애가 세상을 떠났다는 걸 느끼게 될까. 혹은 그 애는 이미 세상을 떠났을까.

은혜는 하나의 결정이 어떻게 삶에 존재하는 그 모든 다양한 겹들을 드러낼 수 있었는지 생각했다. 그런 겹겹의 삶은 은혜에게는 꽃의 내부와 마찬가지로 닿을 수 없는 것으로 느껴졌다.

골짜기에서는 모든 것이 고요했다. 선명하기도 했다. 멀리서 금속으로 된 무언가가 철거덕거리는 소리가 들려왔다. 아니면 뼈들을 땅속으로 되돌려놓을 때 나는 소리가 은혜의 귀에는 그렇게 들렸던 건지도 모른다. 은혜는 조금 더 멀리 있는 또 다른 장소로 걸어가 처음부터 다시 땅을 파기 시작했다.

달은 뜨고, 기울고……

그다음은 뭐였더라?

은혜는 곧 기억해낼 것이었다.

감사의 말

「보선」은 〈봄BOMB〉에 처음 실렸습니다. 「크로머」와 「고려인」은 〈애틀랜틱〉에 처음 실렸습니다. 너무도 참을성 있게, 그리고 열정적으로 이 단편소설들을 작업해주신 편집자님들에게 마음에서 우러나는 깊은 감사를 드립니다.

「역참에서」는 콘스탄틴 노미코스 베이포리스 교수의 저서 『복무 기간: 에도시대의 사무라이와 군 복무, 근대 초기 일본의 문화』(하와이대학교 출판부, 2008)에서 영감을 얻었습니다. 하버드대학교 동아시아 언어 및 문명학과 데이비드 L. 하월 교수님의 너그러운 배려와 전문 지식 덕분에 이 책을 알게 되었습니다. 이 단편의 여러 세부 사항은 『복무 기간』에서 그대로 가져온 것입니다. 다른 세부 사항들은 마이클 J. 세스의『한 권으로 읽는 한국사: 고대에서 현재까지』(로맨 앤드 리틀필드, 제3판, 2019)를 참조했는데, 이 책은 이 소설집에 실린 모든 단편소설에 귀중한 참고 자료가 되어주었습니다.

「벌집과 꿀」의 여러 세부사항은 안톤 체호프의『사할린섬』(브라이언 리브 옮김, 알마 클래식스, 2019), V. K. 아르세니예프의『사냥꾼 데르수』(맬컴 버 옮김, 맥퍼슨, 1996), 그리고 특히 얼리사 M. 박 교수의 저서『주권 실험: 1860~1945 동북아시아의 한인 이주민들과 국경의 구축』(코넬대학교 출판부, 2019)을 참조했습니다.

얼리사에게 감사드립니다. 당신의 박학다식함과 친절함, 그리고 우리가 주고받은 메일들이 없었다면 이 소설집에 실린 여러 편의 이야기를 구상하고 집필하는 일은 불가능했을 겁니다.

하버드대학교 역사학과 테리 마틴 교수님, 그리고 스미스칼리지와 애머스트칼리지 역사학과의 세르게이 글레보

프 교수님이 내어주신 시간과 지식과 호의, 그리고 러시아의 극동 지역에 관한 친절한 메일들에도 감사드리고 싶습니다.

마이클 빈스 김의 사진들은 「고려인」과 「코마로프」를 쓰는 데 없어서는 안 되는 역할을 해주었습니다.

또한 존 사이먼 구겐하임 기념 재단에, 언제나 영원히 올리버 먼데이에게, 〈애틀랜틱〉에, 랠프와 퀜 스니든에게, 이선 러더퍼드와 캐럴라인 케이시에게, 케이티 프리먼에게, 이윤 리와 데이비스 민스에게, 앤디 탕, 케일리 호프먼, 조얼 헤서링턴, 그리고 사이먼 앤드 슈스터 출판사의 팀원들에게, 마리옹 뒤베르, 사이먼 투프, 그리고 클레그 에이전시의 모든 가족에게도 감사드립니다.

로라와 오스카에게. 메리수에게. 빌에게.
우리가 함께한 시간에 고마움을 전합니다.

옮긴이의 말

이 책의 원고를 받아 처음으로 읽었던 날이 기억난다. 그다지 길지 않은 소설집이었는데 읽는 동안 여러 번 한숨을 쉬어야 했다. 이 작가는 문장으로 그림을 그리는 사람 같았고, 이 책을 번역하는 건 문학보다는 미술의 영역에 속하는 일이 될 것 같았다. 작품에서 느껴지는 아름다움만큼 걱정이 됐다. 최소한의 선들로만 표현된 이 단정한 슬픔을, 이 여백에 압축되어 있는 것들을 내가 제대로 옮길 수 있을까? 왜 울고 싶은지 알 수 없지만 울고 싶어지게 만드는 이런 색감을, 캔버스 한구석에 잘 드러나지 않게 칠해져 있지만 실은 아주 여러 겹인 저 빛깔들을?

국내에는 장편소설 『스노우 헌터스』로 먼저 소개된 폴 윤은 한국계 미국인 작가로, 미국 문학계에는 한국인 디아스포라와 정체성에 대한 탐구라는 주제 의식, 그리고 미니

멀리즘을 연상시키는 특유의 시적인 문체로 널리 알려져
있다. 그를 소개할 때 빠지지 않는 사실이 있다면 그의 조
부가 한국전쟁 때 탈북한 피난민이었다는 점일 것이다. 그
뒤에는 무슨 일이 일어난 걸까? 그건 작가 자신도 잘은 알
지 못하는 것 같다. 뉴욕 퀸스에서 태어난 뒤로 오랜 세월
에 걸쳐 여러 지역을 끊임없이 옮겨 다니며 살았지만 가족
으로부터 자신의 역사에 관한 이야기나 설명을 들은 적은
거의 없다고, 알려고 노력했지만 끝내 알 수 없었다고 그
는 여러 인터뷰에서 밝혀왔다. 그리고 그의 의문들은 시간
과 상상이라는 터널을 통과하며 무럭무럭 자라나 이 책 속
의 이야기들이 되었다. 『벌집과 꿀』은 그가 팬데믹을 거치
며 쓴 단편소설들을 모은 책이다. 에도시대 일본, 19세기
연해주의 고려인 정착지, 한국전쟁 직후 남한의 외딴 산골
을 거쳐 현대의 미국과 영국까지, 이 소설들 속 시공간의
폭이 이토록 광활한 건 가장 고립되고 단절된 시기를 거치
는 동안 최대한 멀리까지 뻗어 나가 누군가와 연결되고팠
던 작가의 열망의 표현이 아니었을까 싶다.

폴 윤의 인물들은 길 잃은 사람들이다. 그들은 대체로
자신이 어떤 과정을 거쳐 현재의 장소에 도달하게 되었는

지, 무엇을 잃어버리거나 무엇으로부터 도망쳐 왔는지, 혹은 눈앞의 복잡한 풍경을 어떻게 이해하고 대처해야 하는지 알지 못하는 상태로 낯선 곳에 던져져 있다. 그곳은 종종 혹독하거나 부당한 환경이지만, 그 혹독함과 부당함이 그들을 파괴할 만큼 강렬한 힘은 아니다. 그들을 견딜 수 없는 상태로 몰아가는 힘이 있다면 차라리 '알 수 없다는 사실' 그 자체다. 자신이 자신에게 영원한 수수께끼로 남는다는 것. 목구멍 깊숙이에서 덜그럭거리는 그 수수께끼를 풀 방법이 없다는 것. 그들은 애착과 의미가 만들어지는 자신의 근원, 즉 세계의 감정적 기준점이 되는 장소나 인물에 대한 정보가 부족하거나, 그곳과의 연결이 끊겨 있다. 속할 수 있는 장소를 갖지 못한 채 부유하는 사람에게는 세계 어느 곳에서의 경험이든 근본적으로 비슷한 것이 된다. 그것은 어느 방향을 봐도 같은 풍경만 보이는 들판 한가운데를 걷는 듯한 삶이다. 묻거나 항의할 곳도, 대답해줄 사람도 없다. 고립된 그들은 누구에게도 내면을 드러내지 않은 채 무덤덤하게 적응해나간다. 그런 하루하루가 계속된다. 잊을 수 없을 것 같던 일들이 잊히고, 특별했다고 믿었던 것들도 실은 그렇지 않았다는 깨달음이 찾아오면서. 고요한 일상 속에 쌓여가던 감정은 가끔씩 발작적인 폭력의 형태로 터져 나오며 독자를, 그리고 인물들 자신을 놀라게 한다. 하지만 찰나의 항변 같은 그런 순간들도 금세 지나가고, 풍경은 다시금 공평하게 건조하고 삭막하며 무감동한 것이 된다.

그런 풍경에 선명한 색감과 원근감이 생겨나는 순간이 있다면, 그들이 꼭 자신처럼 길 잃은 누군가를 발견할 때다. 그들은 자신과 마찬가지로 스스로의 역사에서 잘려 나온 채 혼란스러운 표정을 짓고 있는 연약한 얼굴을 한눈에 알아보고 달려간다. 심장박동이 빨라지고, 체온이 뜨거워진다. 이제 그들에게는 방향이, 가야 할 뚜렷한 목적지가 주어진다. 자신을 닮은 그 누군가가 있는 곳, 그곳이 그들이 가야 할 곳이다. 하지만 그런 만남이 언제나 성공적인 건 아니다. 너무 절박한 마음 때문에 일종의 착시 현상이 일어나기도 하고, 친밀감의 표현이 거친 몸짓으로 변해버리기도 하며, 실망과 회한이 뒤따르기도 한다. 그럼에도 그들은 자신의 분신과도 같은 그 존재를 찾아가 마주하고는, 자신에게 필요했으나 부재했던, 자신이 오랫동안 갈망해왔던 바로 그 사람이 되어주고 싶어한다. 설명해주고

아껴주고 보호해주고 어느 길로 가야 할지 알려주고 싶어
한다. 혹은 평안을 빌어주고 싶어한다. 해소되지 않은 의
문이, 청산되지 않은 부채감이, 부인할 수 없는 사건이 중
간에 놓여 있어 그 일이 불가능하다는 걸 스스로 알고 있
을 때조차 그렇다. 그들은 최선을 다해 친절을 베풀면서
자신의 한계까지 걸어가고, 그 자리에 멈춰 선다. 그러고
는 자신을 닮은 얼굴이 자신과는 조금 다른 미래를 향해,
조금 덜 폭력적이고 조금 더 보드라운 미지의 세계를 향해
걸어가는 모습을 지켜본다. 구체적으로 그려볼 수는 없으
나 아마도 그곳에 '벌집'과 '꿀'이 있기를 바라면서 말이다.

폴 윤의 소설을 읽다가 문득 견딜 수 없는 기분이 된다
면, 누구에게라도 말을 걸어 이 느낌을 전하고 싶어진다
면, 아마도 당신 역시 조금은 길 잃은 사람일 것이다. 바
닥에 발이 닿지 않는 물속을 한없이 떠가는 것 같은 불확
실함 속에서도 우리가 가끔씩은 서로에게 집이 되어주고,
타인을 위해 이토록 성실하게 길을 만들어줌으로써 허무
에 저항할 수 있다는 것을, 그건 어떤 의지나 결단이 필
요한 일이 아니라 짐승이 새끼를 돌보듯 그저 자연스럽
고 보편적인 우리의 본능이라는 것을, 작가는 다채롭고도

능숙한 솜씨로 보여준다. 『벌집과 꿀』은 한 사람의 마음 속 빈 곳이 어떻게 위안을 주는 풍경을 빚어내는 거푸집이 될 수 있는지, 그 굴곡마다 들어찬 갈망이 우리 자신도 알지 못하는 사이에 얼마나 놀라운 건축을 해낼 수 있는지 증명해주는 텍스트다. 폴 윤이라는 멋진 작가를 소개해준 이선 선배에게, 꼼꼼히 원고를 봐주신 엘리 편집부에 감사 드린다.

서제인

옮긴이 서제인

번역을 하면서 세상이 거기 있다는 걸 확인한다. 옮긴 책으로 『잃어버린 단어들의 사전』, 『노마드랜드』, 『사람들은 죽은 유대인을 사랑한다』, 『아파트먼트』, 『아무도 지켜보지 않지만 모두가 공연을 한다』, 『형식과 영향력』, 『고통을 말하지 않는 법』, 『목구멍 속의 유령』, 〈코펜하겐 3부작〉(『어린 시절』, 『청춘』, 『의존』), 『300개의 단상』, 『블랙케이크』 등이 있다.

벌집과 꿀

초판 발행 2025년 6월 20일

지은이 폴 윤 ┃ **옮긴이** 서제인

책임편집 허정은 ┃ **편집** 권은경
디자인 이강효
마케팅 이보민 손아영

펴낸곳 (주)엘리 ┃ **펴낸이** 김정순
출판등록 2019년 12월 16일 제2019-000325호

주소 04043 서울시 마포구 양화로 12길 16-9(서교동 북앤빌딩)
전화 02-3144-3123 ┃ **팩스** 02-3144-3121
전자우편 ellelit.book@gmail.com ┃ **인스타그램** @ellelit2020

ISBN 979-11-91247-54-1 03840